# La douce morsure du désir

W0406636

JENNIFER GARLAND

# La douce morsure du désir

AZUR

HARLEQUIN

*Collection :* Azur

© 2022, HarperCollins France.

Tous droits réservés, y compris le droit de reproduction de tout ou partie de l'ouvrage, sous quelque forme que ce soit.
Toute représentation ou reproduction, par quelque procédé que ce soit, constituerait une contrefaçon sanctionnée par les articles 425 et suivants du Code pénal.

Si vous achetez ce livre privé de tout ou partie de sa couverture, nous vous signalons qu'il est en vente irrégulière. Il est considéré comme « invendu » et l'éditeur comme l'auteur n'ont reçu aucun paiement pour ce livre « détérioré ».

Cette œuvre est une œuvre de fiction. Les noms propres, les personnages, les lieux, les intrigues, sont soit le fruit de l'imagination de l'auteur, soit utilisés dans le cadre d'une œuvre de fiction. Toute ressemblance avec des personnes réelles, vivantes ou décédées, des entreprises, des événements ou des lieux, serait une pure coïncidence.

Le visuel de couverture est reproduit avec l'autorisation de :

© IVAN BLIZNETSOV/GETTY IMAGES/ISTOCKPHOTO/ROYALTY FREE

*Tous droits réservés.*

**HARPERCOLLINS FRANCE**
83-85, boulevard Vincent-Auriol, 75646 PARIS CEDEX 13
Service Lectrices — Tél. : 01 45 82 47 47 - www.harlequin.fr
ISBN 978-2-2804-6426-0 — ISSN 0993-4448

Composé et édité par HarperCollins France.
Imprimé en mars 2022 par CPI Black Print (Barcelone)
en utilisant 100% d'électricité renouvelable.
Dépôt légal : avril 2022.

FSC
www.fsc.org
MIXTE
Papier issu de sources responsables
FSC® C159065

Pour limiter l'empreinte environnementale de ses livres, HarperCollins France s'engage à n'utiliser que du papier fabriqué à partir de bois provenant de forêts gérées durablement et de manière responsable.

# 1.

— Mademoiselle Atkinson ?

L'homme qui attendait Emily au pied du perron d'honneur du manoir transpirait à grosses gouttes dans son costume trois pièces. Quelle idée aussi de venir ainsi habillé dans l'un des coins les plus chauds de Californie où la température dépassait fréquemment les 40°C !

— Je suis John Marris, l'assistant de M. Davidson, le gouverneur. Il m'a chargé de vous remettre une invitation.

— Une invitation du gouverneur ?

— M. Davidson compte sur votre présence à la soirée de présentation du programme immobilier qui va bientôt être construit sur les rives du Red Velvet Lake. Il vous attend à sa table lors du dîner de gala, le 20 octobre prochain.

— Mais… je n'ai jamais rencontré le gouverneur de ma vie. Je ne le connais que pour l'avoir vu à la télévision. Et puis, en quoi ce programme concerne-t-il le domaine ? Nous sommes à plus d'une heure de voiture du lac…

— Mademoiselle, je ne peux rien vous dire de plus, dit l'assistant d'un ton impatient, visiblement pressé de remonter dans sa voiture climatisée. Il s'agit d'un projet hautement confidentiel, c'est pourquoi M. le Gouverneur tenait à ce que je vous remette son invitation en main propre. Tout vous sera expliqué lors de la soirée de présentation, mais vous trouverez déjà un certain nombre d'informations à l'intérieur de ce pli.

L'homme tendit alors à Emily une épaisse enveloppe portant le blason officiel du gouvernement californien.

— J'aurai le plaisir de vous accueillir en personne lors du gala. M. le Gouverneur comptait également sur la présence de votre père, mais il a appris le malheur qui l'a frappé. Il lui adresse tous ses vœux de prompt rétablissement. Excusez-moi à présent, mais je ne peux pas m'attarder. J'ai une importante réunion qui m'attend.

L'élégant assistant s'en alla sur ces mots. Pensive, Emily regarda sa Chevrolet s'éloigner dans un nuage de poussière, le long de la longue allée bordée de palmiers.

Elle examina ensuite l'enveloppe qu'il venait de lui remettre. Son nom, Emily Atkinson, était calligraphié à la main, orné de majuscules alambiquées. Elle constata, surprise, qu'elle contenait une tablette électronique, le modèle le plus luxueux qui existait sur le marché. Un post-it collé sur l'écran indiquait simplement « Allumez-moi ».

Emily appuya sur la touche de mise sous tension. L'écran s'éclaira et, aussitôt, une vidéo démarra.

Éberluée, elle vit apparaître un homme au physique d'acteur de cinéma. Il était filmé devant une immense baie vitrée qui laissait voir les gratte-ciel de San Francisco et le Golden Gate en arrière-plan.

— Mademoiselle Atkinson, bonjour. Permettez-moi de me présenter, je m'appelle Mark Callaghan. Peut-être avez-vous déjà entendu parler de moi. Je suis le premier promoteur immobilier de Californie, et je compte bien devenir très bientôt le premier des États-Unis…

Il était maintenant filmé en gros plan. Son visage franc, encadré par des cheveux noirs coupés très court, laissait deviner un homme énergique et volontaire. Ses pommettes marquées et son menton carré étaient cependant adoucis par une bouche aux lèvres fines et sensuelles.

— Je suis en train de finaliser le projet le plus ambitieux de ma carrière : un ensemble immobilier sur les bords du Red Velvet Lake. Il comprendra quatre résidences de vacances, une cinquantaine de villas, trois hôtels, un casino… Je souhaite vous associer à ce projet que je présenterai à Sacramento au côté de Kenneth Davidson, le gouverneur de Californie, le 20 octobre.

La caméra se rapprocha encore, cadrant uniquement son front, son nez et sa bouche.

— Pourquoi, comment ? J'aurai le plaisir de tout vous dire lors de la soirée de gala organisée dans le palais du gouverneur. Ce projet a la capacité de faire de vous une femme riche et puissante, mademoiselle Atkinson. Je compte donc absolument sur votre présence. Vous serez mon invitée personnelle.

Callaghan sourit et, tout de suite après, la vidéo s'arrêta, remplacée par un message prévenant Emily que la tablette lui était offerte.

L'enveloppe contenait également une invitation manuscrite du gouverneur en personne, ainsi qu'un laisser-passer pour accéder au palais.

Déstabilisée, Emily ne savait pas quoi penser. Une telle invitation, un tel cadeau ne semblaient annoncer rien de bon. Le projet du promoteur devait forcément impacter le domaine, sinon elle n'aurait jamais été invitée, mais comment ? Une anxiété sourde lui prit tout à coup la gorge.

Une chose au moins était sûre : elle n'avait jamais vu d'homme aussi séduisant que Mark Callaghan. À sa beauté naturelle s'ajoutait un physique de sportif accompli. La chemise d'un blanc immaculé qu'il portait sur la vidéo mettait en valeur ses épaules athlétiques et ses bras musclés. Sans doute devait-il passer plusieurs heures par semaine dans une salle de sport…

Quelque chose cependant dans son regard la gênait. Elle ne savait pas quoi. Trop perçant pour être honnête ?

Songeuse, elle remonta l'allée vers la terrasse où son

père, figé comme une statue de sel dans son fauteuil roulant, avait assisté à la scène.

Le voir ainsi immobilisé donnait à Emily de violentes envies de pleurer. Mais elle ne le pouvait pas, elle n'en avait pas le droit. Au contraire, en se plaçant devant lui, elle se devait d'afficher un grand sourire, de paraître toujours gaie. D'être forte.

Chaque fois qu'elle le regardait, les horribles images de son accident défilaient devant ses yeux, elle ne pouvait les en empêcher. Deux mois et demi plus tôt, alors qu'ils galopaient tous les deux à travers la forêt, son père, un colosse de plus de cent kilos, s'était soudain affaissé sur son pur-sang comme une poupée de chiffon et avait chuté lourdement, une dizaine de mètres devant elle.

Elle avait sauté de son cheval et couru vers lui. Il gisait au sol, incapable de bouger. Par miracle, il avait atterri dans un buisson qui avait légèrement amorti sa chute, et il ne semblait pas blessé. Elle avait cru tout d'abord à un arrêt cardiaque, mais ce n'était pas cela. Il respirait et, quand elle avait posé la tête sur sa poitrine, elle avait senti battre son cœur.

Levant la tête, elle avait remarqué qu'il avait les yeux grands ouverts mais ne semblait pas la voir. C'est alors que d'elle-même Emily avait pensé à l'AVC, le pire qui pouvait arriver à cet endroit et à ce moment précis.

Ils se trouvaient à plus de trois kilomètres de la propriété et elle n'avait aucun moyen de prévenir quiconque. Elle n'avait pas pris son téléphone portable et quand bien même, à quoi lui aurait-il servi ? Dans ce coin excentré de la Californie, il était quasiment impossible de capter le moindre réseau.

Par quel prodige Emily avait-elle alors réussi à hisser son père en travers de la selle et à le ramener au manoir ? Elle ne s'en souvenait plus tant elle était obnubilée par l'idée que chaque minute qui s'écoulait diminuait les chances de son père de recouvrer la totalité de ses facultés.

Malgré cela, plus de trois heures s'étaient écoulées avant que son père soit enfin pris en charge à l'hôpital de Big Timber.

Ce délai avait été fatal à son père, chez qui le médecin chef de l'hôpital avait diagnostiqué le lendemain un *locked-in syndrome*. « Votre père est comme enfermé dans son corps. Il conserve toutes ses facultés mentales et intellectuelles, il vous entend, mais il ne peut ni parler ni bouger. »

En cette fin d'été, on l'installait sur la terrasse, d'où il avait une vue panoramique sur les enclos des pur-sang et la grande prairie, qui s'étendait jusqu'au pied de la sierra Nevada aux sommets couverts de neige.

— Comment vas-tu papa, ce matin ? Bien ?

Son père avait beau avoir le regard obstinément fixe, Emily savait qu'il comprenait ce qu'elle disait.

— As-tu entendu ma conversation avec John Marris, l'homme qui vient de repartir ? C'est l'assistant du gouverneur.

Elle poursuivit :

— Il a fait plus de cent vingt kilomètres, juste pour nous remettre un pli. Le gouverneur nous invite à la présentation d'un programme immobilier près du Red Velvet Lake. Je ne vois franchement pas en quoi cela peut nous intéresser. À moins que tu aies de l'argent à investir et que tu souhaites acheter un appartement ou une maison…

Elle continua comme si son père lui avait répondu.

— Tu dis non. C'est bien ce que je pensais. Reste que je m'interroge. Pourquoi cette invitation et pourquoi le gouverneur tient-il à notre présence ? Marris n'a rien voulu me dire. Je sais simplement que le gouverneur doit faire une annonce. Mais bon, ce n'est pas ça qui va nous empêcher de dormir, n'est-ce pas papa ? conclut-elle d'un ton enjoué.

Mais en son for intérieur, Emily ne ressentait aucune gaieté. Elle ne savait pas pourquoi, mais elle avait le pressentiment que cette invitation ne signifiait rien de bon.

Elle se reprit. Les idées noires n'avaient pas leur place en ce moment. Face à son père, elle se devait d'être toujours positive.

Elle repensa ainsi à sa soirée de la veille au manoir et sourit. Pour son anniversaire, les employés du domaine lui avaient offert un fer à cheval en argent massif qu'ils avaient fait graver à son nom. Il rejoindrait tous ceux qui étaient accrochés au-dessus de son lit, récompenses des nombreux concours équestres qu'elle avait remportés depuis qu'elle était toute petite.

Lorsque June, la cuisinière et gouvernante de l'exploitation, avait déposé devant elle l'énorme gâteau en sucre blanc, surmonté de vingt-trois bougies, qu'elle avait mis tout l'après-midi à préparer, ils avaient applaudi à tout rompre comme s'ils avaient voulu lui faire comprendre qu'aucun d'eux ne contesterait son commandement.

Cela faisait en effet deux mois et demi qu'elle avait pris la direction du domaine. Elle avait pensé que Josh, l'intendant et homme de confiance de son père, saurait le remplacer mais, à l'issue d'une longue discussion, il l'avait convaincue qu'elle seule pourrait le faire.

« Il n'y a sans doute pas meilleur connaisseur de pur-sang que moi en Californie, lui avait-il dit, mais je n'ai aucune capacité pour diriger un tel domaine. Vous, mademoiselle Emily, il n'y a qu'à vous écouter pour se rendre compte que vous en avez dans la tête. »

Josh n'avait pas caché à Emily que le domaine connaissait depuis plusieurs années de graves difficultés financières. Il avait remis en question la trop grande spécialisation du domaine dans l'élevage de pur-sang. Depuis la crise, les acheteurs se faisaient plus rares et ceux qui restaient fidèles négociaient maintenant durement les prix. Josh avait bien dit au père d'Emily qu'il devait trouver de nouveaux débouchés, mais celui-ci avait fait la sourde oreille, convaincu que la mauvaise passe n'était que passagère.

— Si vous n'agissez pas maintenant, avait conclu Josh,

je crains que vous ne soyez obligée de vendre le domaine d'ici à trois ans.

Vendre ? Ce n'était même pas imaginable ! Le domaine avait été créé par George Atkinson, l'arrière-arrière-grand-père d'Emily à la fin du XIX$^{e}$ siècle, au moment de la ruée vers l'or. Il était destiné à rester pour l'éternité propriété de la famille Atkinson.

Pour l'heure, tous les projets d'Emily avaient été bouleversés. A l'origine, elle avait prévu de rejoindre le centre vétérinaire de Seattle à la fin de ses vacances, où elle avait fait son stage de fin d'études. Le patron voulait l'embaucher. Là, elle aurait pris un appartement et aurait commencé sa vie de femme indépendante. Et, qui sait, peut-être aurait-elle rencontré un homme dont elle serait tombée amoureuse et avec qui, comme dans les contes de fées, elle aurait eu beaucoup d'enfants.

Cette perspective n'était plus à l'ordre du jour. Elle avait téléphoné à Seattle pour prévenir le directeur du centre vétérinaire qu'elle renonçait au poste qu'il lui avait proposé et s'était mise immédiatement à la tâche.

Au Sandlake Meadows, le travail ne manquait pas. Les soins aux pur-sang exigeaient une attention de tous les instants, à plus forte raison en cette fin d'été, quand, chaque jour, des juments mettaient bas. Les naissances avaient lieu pour l'essentiel la nuit et il fallait se tenir prêt pour aider les juments à faire naître leurs poulains.

Ces dernières années, la présence de caméras vidéo dans les stalles permettait un suivi plus précis mais, dès que la jument perdait les eaux, c'était le branle-bas de combat. Rares étaient les naissances qui se passaient sans anicroches. Les années précédentes déjà, Emily avait souvent été appelée pour seconder le vétérinaire de Big Timber mais maintenant qu'elle avait son diplôme en poche, c'était elle qui dirigeait les opérations avec l'aide des ranchers.

Pas très grande et plutôt menue, elle étonnait par sa force

quand il s'agissait d'extraire un poulain qui se présentait mal et, plus encore, par sa capacité à calmer les juments nerveuses.

Au sein du domaine, tous la connaissaient depuis sa naissance, et s'ils avaient parfois du mal à la regarder autrement que comme la petite fille qui les attendrissait autrefois par sa gaieté et sa drôlerie, ils appréciaient qu'elle ait si vite pris les choses en main après l'accident de son père.

Bien avant que celui-ci survienne, Emily avait réfléchi à de nouveaux débouchés pour l'exploitation.

Si l'élevage n'était pas condamné, il ne permettrait jamais au domaine de renouer avec les chiffres d'affaires florissants qu'il avait connus une vingtaine d'années auparavant. Emily avait alors songé à de nombreuses alternatives pour le diversifier et augmenter son attractivité : ils pourraient agrandir le centre équestre et aménager l'hippodrome, de façon à organiser des compétitions, par exemple. Et pourquoi pas se doter d'un hôtel pour accueillir les apprentis cavaliers ? Et même d'une résidence cinq étoiles pour recevoir les équipes de polo dont les joueurs étaient connus pour leurs exigences de luxe ?

Quand elle avait parlé de ces projets à son père, deux mois à peine avant son AVC, il avait souri.

« Notre métier, c'est d'élever des pur-sang, Emily, pas d'animer un parc d'attractions équestre. »

Elle avait voulu argumenter, mais il lui avait fait tout de suite comprendre que la conversation était terminée.

Son père avait la tête dure et il n'était pas facile de le faire changer d'avis. Mais, de son côté, Emily était opiniâtre et ne se décourageait jamais. Elle était sûre que tôt ou tard, à force de revenir à la charge, son père se serait rangé à ses arguments.

Maintenant qu'il était invalide, elle était prise de scrupules à l'idée de lancer malgré lui son grand projet de diversification du domaine. Mais il n'y avait pas de temps à perdre. Elle avait déjà pris rendez-vous avec le banquier du domaine pour discuter avec lui du financement des travaux.

Il n'était donc pas question qu'un grain de sable, eût-il le physique et le charme du « premier promoteur de Californie », vienne contrarier maintenant son projet.

Restait à savoir ce que cet homme voulait et surtout ce que cette invitation cachait. Car, forcément, il y avait un piège…

# 2.

Mark Callaghan détestait qu'on le fasse attendre. Même si le « on » qui le faisait poireauter depuis une vingtaine de minutes s'appelait Kenneth Davidson, gouverneur de Californie.

Avec n'importe quel autre interlocuteur, il y a longtemps qu'il serait parti en clamant, haut et fort, son mécontentement.

Malheureusement, il ne pouvait pas faire autre chose que ronger son frein. Mieux valait rester en bons termes avec le gouverneur. Son soutien lui était indispensable pour mener à bien son projet.

Le plus grand programme d'urbanisation de Callaghan Real Estate à ce jour. Celui qui propulserait sa société dans le top 3 des promoteurs immobiliers des États-Unis. Avec la construction de l'un des plus vastes programmes d'urbanisme jamais conçus en Californie. Deux tours de bureaux, dix immeubles d'habitation, une centaine de villas, un centre commercial avec plus de cent boutiques… Tout cela en bordure du Red Velvet Lake, un paradis oublié au fin fond de l'État.

Voilà plus de cinq ans que Mark préparait son plan. Son père, qui lui céderait dans quelques mois les rênes du groupe, lui avait laissé les coudées franches. Son appui lui avait été utile pour persuader les banques de participer au financement mais c'était lui, Mark, qui avait tout imaginé de A à Z.

Sa dernière prouesse avait été de convaincre Kenneth Davidson d'organiser la présentation qui allait avoir lieu ce soir dans la salle des fêtes du palais. À moins d'un an de l'élection qui allait décider du renouvellement ou non de son mandat, le gouverneur ne s'était pas fait prier. Il est toujours bien vu d'annoncer à ses électeurs le lancement d'un projet qui va donner du travail aux entreprises de l'État et créer plusieurs centaines d'emplois.

La présentation du programme aux investisseurs durerait un peu moins d'une heure. Elle serait suivie par un dîner de gala puis par un bal. Toute la haute société de Californie ou presque serait là. Afin de susciter l'intérêt des médias et de donner ainsi un énorme retentissement à l'événement, Mark avait demandé à l'agence de relations publiques d'inviter des vedettes d'Hollywood. Plusieurs journalistes et photographes étaient attendus, il y aurait même deux chaînes de télévision locales.

Il restait cependant une question en suspens, dont seul Davidson avait la réponse. D'où la nécessité pour Mark de lui parler avant le début du show. Et donc de l'attendre.

À vol d'oiseau, cent cinquante kilomètres séparaient San Francisco du Red Velvet Lake. Une telle distance n'aurait pas dû demander plus de deux heures de voiture. Dans la réalité, il en fallait trois. À cause d'une route qui, trente kilomètres avant le lac, se perdait dans la campagne et rallongeait le trajet de plus d'une heure.

La raison ? Elle contournait le domaine de Sandlake Meadows. Une propriété énorme de près de dix mille hectares voués à l'élevage des pur-sang. À l'origine, à la fin du XIXe siècle, son premier propriétaire, un certain Georges Atkinson, l'avait fait clôturer et, dès lors, il s'était révélé impossible pour les autorités d'y faire passer une route ou une voie de chemin de fer.

Une heure pour les habitants de San Francisco, c'était énorme. Nombre d'entre eux hésiteraient alors à investir dans un appartement ou une maison de vacances sur le Red Velvet Lake s'il leur fallait autant de temps pour y aller. Tous n'avaient pas la chance, comme lui, de posséder un hélicoptère.

La solution – il n'y en avait pas trente-six –, c'était donc de tracer une route toute droite à travers le domaine. Et, dans ce but, faire constater par l'État de Californie que son projet d'aménagement était d'utilité publique. De cette façon, les propriétaires du domaine ne pourraient pas s'y opposer.

— Alors Mark, on s'accorde un temps de repos avant le grand show qui nous attend ?

Tout à ses pensées, Mark n'avait pas vu le gouverneur sortir de son bureau.

— Excusez-moi de ce retard, Mark, la Maison-Blanche m'a appelé juste avant que vous arriviez. Difficile d'envoyer bouler le secrétariat particulier du Président, n'est-ce pas ?

Ah, ce Davidson ! Mark était à peu près sûr qu'il lui racontait des histoires. C'était un vantard-né. Il devait trouver jouissif de faire croire que le Président l'appelait depuis Washington.

— Ne vous excusez pas. J'ai peu d'occasions de souffler pendant mes journées. C'est très bien pour moi.

Mark avait l'impression que ses paroles sonnaient faux tant, à l'intérieur de lui-même, il fulminait contre le gouverneur. Vingt-cinq minutes, il l'avait fait attendre vingt-cinq minutes, lui, Mark Callaghan !

— Mark, je n'ai pas très bien compris pourquoi vous teniez absolument à me voir avant la présentation. Nous avons tout bouclé la semaine dernière, il me semble. Non ?

— Pas tout à fait, Kenneth. Nous n'avons pas reparlé de la déclaration d'utilité publique nécessaire pour réaliser la route qui doit traverser le domaine de Sandlake Meadows. Vous vouliez vous accorder un temps de réflexion…

— C'est vrai, pardon. Non, aucun problème. Le service juridique a donné son accord. J'avais oublié.

Mark eut peine à cacher son soulagement.

— Puisque vous êtes là, reprit le gouverneur, j'en profite pour vous demander d'y aller très doucement dans cette affaire.

— C'est-à-dire ?

— Le domaine de Sandlake Meadows a une très grande réputation dans l'univers de l'élevage équestre. Il ne serait bon pour personne que vos négociations se passent mal. À moins d'un an des élections, je ne veux surtout pas de vagues dans les médias.

— Il n'était pas dans mes intentions d'en provoquer…

— Je préfère tout de même vous prévenir. Comme vous le savez, c'est aujourd'hui la fille du propriétaire qui est aux commandes. D'après Marris, elle est jolie et a encore des allures d'adolescente. Les journalistes seraient ravis de la faire parler à la une de leur canard pour émouvoir leurs lecteurs.

— Rassurez-vous, Kenneth, le dédommagement financier que je prévois devrait la mettre dans de bonnes dispositions.

— J'espère que vous dites vrai. Je compte en tout cas sur vous, Mark, pour bien faire les choses. S'il le faut, n'hésitez pas à jouer de votre charme. Tout le monde connaît vos talents de séducteur.

— En matière de séduction, je crois savoir que vous n'avez pas grand-chose à m'envier, dit Mark en souriant.

Le gouverneur posa un index sur ses lèvres en l'accompagnant d'un sourire complice.

— Chut, Mark. Ma femme n'est pas loin, elle pourrait vous entendre !

En sortant du palais où il reviendrait à peine deux heures plus tard, Mark souriait.

Il plaisait aux femmes, c'était vrai, mais il n'avait rien d'un don Juan cherchant à séduire pour le plaisir de séduire.

Il ne se lançait dans une nouvelle relation que lorsqu'il ressentait un besoin de proximité physique. Un peu comme le lion qui ne se met à chasser que poussé par la faim.

Il ne croyait pas à l'amour avec un grand A. Celui qui, dans les films ou les romans, fait battre les cœurs des protagonistes de manière incontrôlée et les amène à vivre des situations incroyables.

Il avait pu éprouver dans le passé de l'attirance et de la tendresse pour certaines de ses conquêtes, mais de l'amour, jamais.

C'était tant mieux. Car il pouvait ainsi consacrer toutes ses forces, toute son énergie, toutes ses facultés, à la conduite de ses affaires, la seule chose qui comptait véritablement dans sa vie. Tout le reste était secondaire.

Il pouvait en tout cas se targuer de réussir. Callaghan Real Estate, qu'il dirigeait avec son père, ne pesait pas loin de trente millions de dollars. Il possédait un penthouse de deux cents mètres carrés sur la baie de San Francisco, il pouvait se mettre au volant d'une voiture de luxe différente chaque jour de la semaine.

Le projet du Red Velvet Lake le propulserait dans une galaxie encore plus prestigieuse : celle des milliardaires visionnaires. Celle des entrepreneurs qui, dix ans avant tous les autres, ouvrent un nouveau marché.

La question du domaine de Sandlake Meadows et de la route qui devait le traverser était donc tout à fait secondaire. Il réglerait l'affaire comme toutes les autres : vite et bien.

Elle ne présentait pas de difficulté. Aucune raison donc d'user de son charme pour convaincre la jeune propriétaire du Sandlake Meadows de lui vendre les terrains dont il avait besoin. Le prix qu'il lui annoncerait suffirait.

Emily se sentait perdue. Et surtout, pas du tout à sa place dans cette assemblée. Qu'avait-elle de commun avec ces femmes richissimes et snobs qui exhibaient leurs bijoux clinquants au bras de leurs maris à la figure couperosée ?

Un quart d'heure plus tôt, elle avait retrouvé John Marris à l'entrée. Détendu et souriant, l'assistant du gouverneur avait été d'une amabilité exquise. Emily lui ayant appris que c'était la première fois qu'elle venait au palais, il avait été ravi de jouer les guides touristiques. Sur le chemin de la salle de bal où se déroulerait la soirée, il lui avait raconté l'histoire du bâtiment devenu le siège du gouvernement de Californie au début du XIXe siècle.

La jeune femme était impressionnée par la magnificence des lieux. Les murs comme les sols étaient en marbre et de lourdes tentures rouge cramoisi tombaient de part et d'autre des hautes fenêtres. Les lustres de cristal suspendus au plafond des couloirs éclairaient les portraits de tous les gouverneurs depuis la création de l'État de Californie.

Les portes-fenêtres de la salle de bal s'ouvraient sur un jardin à la française. Il était déjà envahi par les invités qui profitaient de la douceur du crépuscule californien.

John Marris conduisit Emily jusqu'à un groupe d'une dizaine de personnes. Après quelques amabilités d'usage, la conversation tourna court et la jeune femme se retrouva livrée à elle-même. Ce n'était pas pour lui déplaire. Elle avait tout loisir pour observer ce qui se passait, une coupe de champagne à la main.

— Mademoiselle Atkinson ?

Emily se retourna. Elle reconnut l'un de ses riches clients, Aaron Mc Gregor. Il lui achetait régulièrement des pur-sang qu'il faisait participer à des courses aux quatre coins des États-Unis et qui, d'après les informations qu'elle avait, lui rapportaient chaque année une petite fortune.

— Aaron ! s'exclama-t-elle. Comme je suis heureuse de vous voir !

— Mais oui, c'est bien vous, Emily. De dos, j'ai eu un

doute. Je ne vous connais qu'en jean et T-shirt. Vous êtes superbe dans cette robe.

— Vous me flattez, Aaron, répondit-elle tout sourire. N'espérez pas pour autant obtenir une réduction sur le prochain pur-sang que vous nous achèterez.

— Je suis sincère : vous êtes magnifique. Puisque vous me parlez pur-sang, où est votre cavalier ? Si vous êtes venue sans, je me porte candidat !

— J'accepterais avec plaisir mais je suis l'invitée personnelle de l'organisateur, Mark Callaghan.

— C'est donc que vous avez beaucoup d'argent à investir. Je ne le savais pas.

— J'aimerais bien, mais non. J'ignore pourquoi je suis là ce soir. J'en saurai plus lors du dîner mais je crains que cette invitation ne cache une couleuvre à avaler.

— Que cacherait-elle ? C'est un promoteur qui a la réputation d'être dur en affaires mais aussi d'être réglo. Ce n'est pas si courant que ça dans l'univers de… Tiens, quand on parle du loup…

Emily le regarda, interloquée.

— Là, derrière vous. Il vient d'arriver.

Elle se retourna et aperçut Mark Callaghan. Il descendait l'escalier qui conduisait au jardin, en compagnie de Davidson, le gouverneur.

Il était suivi par trois jeunes femmes aux allures de top models. Parmi elles, Emily reconnut une actrice qui jouait dans la dernière série télévisée en vogue. Elle semblait en pâmoison devant le jeune promoteur.

Mais, abandonnant les jeunes femmes, celui-ci emboîtait le pas au gouverneur. Suivi de John Marris, il allait de groupe en groupe saluer les convives.

Le promoteur parut à Emily encore plus beau et plus séduisant que sur la vidéo. Très grand, il ne devait pas être loin du mètre quatre-vingt-dix. Il avait revêtu un costume beige qui faisait ressortir son teint hâlé.

Tout en poursuivant sa conversation avec Mc Gregor, Emily le suivait du coin de l'œil.

Elle se rendit compte que son cœur battait plus vite.

Que se passait-il ? C'était stupide. Elle n'était pas une adolescente de quatorze ans qui se pâme d'amour pour une rock star du double de son âge. Mark Callaghan était beau, il avait de la prestance, il arborait un sourire à dégeler la banquise, mais il était tout sauf son type d'homme. Elle voyait bien qu'il respirait la suffisance, pour ne pas dire l'arrogance. Son air supérieur lui était insupportable.

Pourtant, sans qu'elle sache expliquer pourquoi, quelque chose en lui l'attirait.

Son sourire ? Son allure ? Sa voix chaude avec des modulations dans les graves qu'elle percevait dans le brouhaha ?

Soudain, alors qu'il venait de rejoindre le groupe voisin du sien, elle vit John Marris s'approcher et lui chuchoter quelques mots à l'oreille en la regardant.

Il tourna la tête dans sa direction et la fixa droit dans les yeux.

Emily eut la sensation que le temps s'arrêtait. Comme dans un film, tout se figea autour d'elle.

D'instinct, elle voulut croiser sur son buste les pans d'un châle imaginaire pour cacher son décolleté. C'était idiot, il continuait à la regarder dans les yeux, mais Emily avait l'impression de lui apparaître nue.

Elle ressentit comme une brûlure dans son ventre. Quelque chose de très léger, presque diffus. Une sensation inconnue, à la fois agréable et dérangeante.

— Mademoiselle Atkinson, vous allez bien ? Vous êtes toute pâle.

Aaron s'adressait à elle, inquiet.

C'est alors qu'un sourire franc et chaleureux vint animer le visage de Callaghan.

Quittant ses interlocuteurs, il se dirigea droit sur elle.

— Vous êtes Emily Atkinson ? Ravi de vous rencontrer, je n'avais pas encore le privilège de vous connaître.

Emily était interdite. Dans sa poitrine, son cœur battait la chamade.

— Marris m'avait bien dit que la propriétaire du domaine de Sandlake Meadows était jolie, intervint le gouverneur qui venait de les rejoindre, il avait raison !

Il avait employé un ton grivois qui déplaisait fortement à Emily.

— Je ne pense pas que ce soit la raison de ma présence ici, lui répondit-elle d'un ton sec.

— Non, bien sûr. C'est mon ami Mark Callaghan qui va vous la donner. Il a beaucoup de choses à vous dire et… à vous demander.

Emily vit le promoteur se crisper et jeter un regard glacé à Davidson avant de revenir vers elle.

— J'aurai l'occasion de m'entretenir avec Mlle Atkinson au cours du dîner. N'anticipons pas. Pour l'heure, bavardons et profitons de cette température exquise.

— Je suis désolé, Mark, mais vous n'avez plus le temps, intervint le gouverneur. Tous nos invités sont arrivés, il va être l'heure de nous mettre en place pour la présentation.

Callaghan sourit à Emily.

— Je vous retrouverai donc tout à l'heure, Emily. Emily… vous permettez que je vous appelle ainsi ?

Suivant Davidson, il tourna les talons pour regagner la grande salle, laissant Emily interdite.

Elle était sous le choc. C'était la première fois qu'un homme lui avait fait perdre ses moyens à ce point.

Elle s'était sentie comme paralysée. Incapable de lui dire un mot. Si le gouverneur ne l'avait pas agacée en la complimentant sur son physique, Callaghan n'aurait même pas entendu le son de sa voix.

« Emily… »

Il lui avait demandé s'il pouvait l'appeler Emily. Elle était tellement saisie qu'elle ne lui avait pas répondu.

Qu'allait-il penser d'elle ? De son impolitesse ? De son silence ? De la manière dont elle avait répondu au gouverneur ?

Elle tenta de se raisonner.

Cela n'avait aucune importance. Elle n'était rien pour cet homme. Il avait une idée derrière la tête en l'invitant à cette soirée, elle ne savait pas encore laquelle.

L'argent. C'était la seule raison. Aaron avait raison : il lui proposerait d'investir dans son programme immobilier, à moins qu'à l'inverse il ne se montre intéressé par l'achat de pur-sang du domaine.

Elle serait fixée dans moins d'une heure. La présentation allait commencer. Des serveurs passaient dans les groupes, invitant les convives à se rendre dans la salle de bal où le show allait commencer.

# 3.

La partie était gagnée. Gagnée avant même d'avoir commencé. Mark Callaghan jubilait. Il savait qu'Emily Atkinson ne s'opposerait pas à lui. Il l'avait déjà conquise.

C'était presque frustrant d'avoir réussi sans combattre. Les victoires les plus faciles ne sont pas les plus belles. Il aimait qu'on lui résiste, c'était plus excitant.

Il revoyait Emily se figer au moment où il l'avait regardée. Totalement tétanisée. Bloquant sa respiration. Esquissant le geste de cacher son décolleté.

Quand il s'était approché d'elle, il aurait presque pu entendre son cœur cogner dans sa poitrine.

Il lui avait souri. Il lui avait parlé doucement. Cela avait suffi.

Lui faire accepter de vendre les terrains dont il avait besoin ne serait qu'une formalité. Le prix qu'il lui proposait était une véritable aubaine.

Elle irait jusqu'à lui demander s'il n'était pas outrageusement généreux. Elle signerait sans discuter.

Mais peut-être avait-il tort de se fier à son air doux. Le ton sec qu'elle avait employé pour répondre à Kenneth montrait qu'elle avait du caractère.

Il en fallait pour reprendre la gestion d'un domaine de dix mille hectares et d'une équipe de près de trente personnes. D'autant qu'elle l'avait fait au pied levé sans y être préparée. Chapeau.

En y repensant, c'était son physique qui l'avait le plus surpris. Il ne s'attendait pas à ce qu'elle soit aussi jolie. Fine, élancée, élégante. De grands yeux bleu turquoise… Elle avait tout pour lui plaire.

Mais non. Tout aussi attirante fût-elle, il en resterait là.

Il ne mêlait jamais sentiments et affaires. Les deux étaient pour lui incompatibles. Bien plus : antinomiques.

— Eh bien Mark, vous ne dites plus un mot, fit le gouverneur alors qu'ils entraient dans la salle de bal où avait lieu la présentation. Avez-vous le trac ? Vous m'avez affirmé que tout était bouclé dans votre tête…

— C'est le cas, Kenneth. Pas seulement dans ma tête. Et puis, le trac, je ne connais pas. Nos deux discours s'afficheront sur les prompteurs. Pas de risque de trou de mémoire !

— Vous faites bien les choses, Mark. On voit que vous êtes un pro. Bravo.

Les deux hommes prirent place sur l'estrade, surmontée d'un écran géant, qui se dressait dans le fond de la salle, et attendirent que les derniers retardataires s'installent.

Deux faisceaux de projecteur s'allumèrent alors, éclairant leurs visages.

Des applaudissements les saluèrent.

— Mesdames, messieurs, chers amis, commença Davidson, vous le savez : rendre la Californie toujours plus attractive est mon objectif depuis le début de mon mandat.

Il laissa passer un court silence puis reprit :

— À cet égard, le projet que s'apprête à réaliser notre ami Mark Callaghan sur les rives du Red Velvet Lake va marquer l'histoire de notre État. Je lui laisse la parole sans plus tarder… Mark Callaghan !

Des applaudissements crépitèrent de nouveau et Mark s'approcha du micro. D'une voix ferme et posée, il se mit à détailler l'ensemble des aménagements et des constructions programmés, insistant sur les perspectives de gains financiers et de plus-values pour les investisseurs.

Pendant qu'il parlait, des photos, des vidéos, des tableaux chiffrés défilaient sur l'écran derrière lui.

Emily l'écoutait attentivement, assise à la table d'honneur, la plus proche de l'estrade. Rien dans ce qu'il disait ne concernait le domaine de Sandlake Meadows. Elle comprenait de moins en moins la raison de sa présence à la soirée.

Elle avait tout loisir pour observer Callaghan en train de parler. Il avait de la prestance, c'était indéniable. Du charme. Un sourire irrésistible…

Rien n'expliquait cependant le choc qu'elle avait ressenti une demi-heure plus tôt.

Il n'était pas le premier homme séduisant qu'elle rencontrait. Elle se souvenait qu'à l'université elle avait eu secrètement le béguin pour un professeur de biologie, largement aussi charismatique. Sauf que son attirance pour ce dernier avait été progressive. Pas de coup de foudre comme aujourd'hui, la laissant quasiment paralysée.

Mark parlait bien. Sa voix était chaude, enveloppante. On sentait que son auditoire était conquis. Les vues des riches propriétés qu'il se proposait de construire donnaient l'irrésistible envie d'acheter. À condition, bien sûr, d'avoir un compte en banque à sept zéros…

Une carte Google Maps apparut sur l'écran. On y voyait les routes qui reliaient les principales villes de Californie au Red Velvet Lake.

Emily eut l'attention attirée par celle qui partait de San Francisco. Elle paraissait toute droite, sans un virage. Or, elle le savait, quand on arrivait une dizaine de kilomètres avant Sandlake Meadows, elle passait de quatre voies à deux et opérait un large détour pour contourner le domaine.

On devait cette étrangeté à un aïeul de son père qui, à une époque où les diligences étaient les proies privilégiées de desperados sans foi ni loi, s'était arrangé pour qu'elles ne traversent pas la propriété.

Un siècle plus tard, rien n'avait changé.

Pourtant, sur le plan qu'elle voyait à l'écran, le tracé était rectiligne. Il y avait une erreur.

Juste au moment où elle se faisait cette réflexion, une animation fit apparaître les temps de trajet estimés pour les différentes voies de communication.

San Francisco – Red Velvet Lake : 1 h 45. Il en fallait au minimum trois. À condition de respecter scrupuleusement les limitations de vitesse.

La présentation de Callaghan se termina quelques instants plus tard. Des applaudissements nourris saluèrent sa prestation. Le jeune promoteur arborait un sourire rayonnant en remerciant l'assistance.

Le gouverneur reprit la parole. Après quelques brefs compliments convenus à l'adresse de Mark, il se lança dans un bilan de son action à la tête de l'État de Californie, énumérant toutes les réalisations entreprises à son initiative depuis le début de son mandat…

Pendant ce temps, Emily réfléchissait. Cette histoire de route la perturbait au plus haut point. Même peu détaillée, la carte qu'elle avait vue affichée à l'écran ne laissait aucun doute : la route traversait bien le domaine.

Impossible.

Ni son père ni elle ne toléreraient une telle balafre ! Elle se ferait fort de l'apprendre à Mark Callaghan dès qu'il descendrait de l'estrade pour rejoindre sa table.

C'était tout de même incroyable qu'il ait pu faire une telle annonce à une assemblée d'investisseurs, alors qu'il n'avait obtenu aucun accord.

Était-ce la nouvelle façon de conclure des affaires ? Sans se soucier le moins du monde de l'impact humain que pouvait avoir un projet ?

Elle sentait une sourde colère monter en elle.

La salve d'applaudissements qui venait de conclure le discours du gouverneur la ramena à la réalité.

Et à Mark Callaghan.

Tout sourire, celui-ci avait pris la main de Davidson et la levait haut au-dessus de sa tête. Il agitait l'autre main en mimant le V de la victoire.

Les deux hommes saluèrent longuement l'assistance avant que les lumières de la salle se rallument.

Ils avaient maintenant rejoint la table d'honneur.

— Alors, mademoiselle Atkinson, prête à investir ? lui demanda Callaghan en s'asseyant à sa gauche.

Il la regarda d'un air interrogateur.

— Que se passe-t-il ? Vous semblez contrariée…

Emily se sentait bouillir.

— Vous ne manquez pas d'aplomb, monsieur Callaghan…

— Comment cela ?

— Pensez-vous que mon père et moi allons accepter sans broncher que vous défiguriez notre domaine ?

— Vous évoquez sans doute la route que nous prévoyons de tracer pour rejoindre le Red Velvet Lake ?

— Vous m'avez parfaitement comprise.

Le sourire de Callaghan s'élargit.

— Si vos yeux pouvaient envoyer des flèches, je serais déjà mort !

Il approcha son fauteuil et se pencha vers elle, chuchotant presque.

— Je sais que je suis un peu fautif dans cette histoire. Excusez-moi. J'aurais dû vous entretenir de ce projet de route dès que j'en ai eu l'idée. Mais je ne voulais pas vous en parler tant que l'administration californienne ne m'avait pas donné son avis. Je n'ai eu celui-ci qu'en début d'après-midi de la bouche du gouverneur.

Il s'interrompit et regarda Emily, charmeur.

— Emily… Vous permettez que je vous appelle Emily ?

Sans attendre sa réponse, il enchaîna.

— Vous n'avez aucune raison d'être fâchée. D'abord, parce que rien n'est encore fait. Nous sommes là, vous et moi, pour en discuter. Ensuite, parce que la route prévue traverse votre domaine à un endroit à l'abandon. Votre bâtisse, les écuries et les manèges se situent à plus de trois kilomètres et…

— Là n'est pas la question, monsieur Callaghan.

— Appelez-moi Mark.

— Cette propriété, *monsieur* Callaghan, appartient à la famille Atkinson depuis la fin du XVIIIe siècle. Il est hors de question de la voir défigurée.

Emily avait planté son regard dans celui de l'homme d'affaires. Il ne l'impressionnait plus. Au contraire, plus elle le regardait et plus elle s'échauffait.

Pour qui la prenait-il ? Avait-il pu croire un seul instant qu'elle accepterait sans broncher ? Qu'elle prendrait l'invitation à cette soirée comme un honneur qui lèverait toutes ses réserves ?

À moins qu'il n'ait pensé que son charme, son charisme, son sex-appeal feraient d'elle une admiratrice prête à tout pour lui plaire ?

Si oui, alors Mark Callaghan était bien naïf. Il avait tort de se fier à son apparence d'adolescente fragile. Elle avait vingt-trois ans, sa tête tenait bien sur ses épaules. Elle savait ce qu'elle attendait de la vie, elle savait ce que le domaine attendait d'elle.

Pourtant, elle sentait bien en regardant Mark que ce n'était pas aussi simple dans son cerveau. Sa tête, sa raison haïssaient ce promoteur qui représentait un danger, mais son cœur s'accélérait quand il lui parlait. Et, en même temps, il y avait cette morsure qui l'étreignait au plus intime d'elle-même.

— Je vois que vous êtes fâchée, Emily. Vous ne devriez pas. Je n'ai aucunement l'intention d'aller à l'encontre de vos intérêts, bien au contraire. Le dédommagement que le gouvernement de Californie est d'accord pour vous allouer est particulièrement élevé. Bien au-dessus de ce qui est prévu habituellement. L'opération devrait remettre les finances de votre domaine à flot. Il en a bien besoin.

— Comment le savez-vous ?

— Mon métier exige d'avoir de bonnes informations. J'ai demandé à mes services de faire une enquête. D'après eux, votre arrivée à la direction de Sandlake Meadows est une excellente chose.

— Je me demande comment ils peuvent l'affirmer. Cela fait à peine trois mois que j'ai pris la succession. Je n'ai pas eu le temps de beaucoup faire preuve d'initiative. D'autant qu'à l'heure actuelle m'occuper de mon père est de loin la tâche la plus prenante.

— Oui, je l'ai appris. C'est un bien triste accident qui lui est arrivé, j'espère qu'il s'en remettra très vite.

Un court instant, le regard d'Emily se voila. Malgré elle, elle sentit les larmes affluer à ses paupières.

Déjà, Callaghan saisissait sa main pour la serrer entre ses deux paumes.

Interdite, elle leva les yeux vers lui. Il avait perçu son émotion !

Était-il sincère ? Intéressé ? Hypocrite ? Ne sachant que penser, elle se reprit et retira sa main.

Pendant qu'ils parlaient, les serveurs virevoltaient autour des convives. À la table, les conversations allaient bon train.

Le gouverneur pérorait sans que personne ose lui porter la contradiction. Les deux jeunes actrices assises à ses côtés s'esclaffaient à chacune de ses plaisanteries. Le vin aidant, il multipliait les allusions déplacées sans que son épouse, pourtant placée juste en face de lui, pipe mot.

Emily ne comprenait pas. Jamais sa mère n'aurait accepté une telle conduite de la part de son mari. Les mœurs étaient-elles si différentes dans les grandes villes ?

Alors qu'elle se faisait ces réflexions, Callaghan se

détourna brusquement d'elle pour parler à sa voisine de gauche. Aussitôt, elle ressentit l'étreinte de la morsure.

Jalousie ? Désir ? Comment était-ce possible ? Qu'avait donc cet homme de si particulier pour lui faire tant d'effet ?

Il fallait qu'elle se raisonne.

Sous son aspect de gentil play-boy, de gendre idéal, il n'avait aucun scrupule, il ne se souciait nullement des torts qu'il pouvait créer.

C'était un être méprisable. Elle le méprisait.

Il revint vers elle.

— En fait, Emily, ce n'est ni le moment ni l'endroit pour nous entretenir de ce projet. Je souhaiterais que nous en parlions calmement, vous et moi. Que diriez-vous de nous retrouver la semaine prochaine à San Francisco ? Je vous montrerai la maquette en relief de la ville qui sera construite.

— Vous persistez à ne pas me comprendre, monsieur Calla…

— Mark !

— Mark, si vous voulez. Vos projets ne m'intéressent absolument pas et celui de tracer une route à travers le domaine de Sandlake Meadows encore moins. C'est non. Fin de la discussion.

Emily s'étonnait elle-même de la fermeté qu'elle mettait dans ses paroles. Mais, dans sa poitrine, son cœur faisait des embardées.

— Vous a-t-on déjà dit que la colère était mauvaise conseillère ?

— Je ne suis pas en colère…

— Oh que si, Emily. C'est bien dommage. Vous risquez de passer à côté d'une belle opportunité.

Son sourire s'effaça et son visage se rembrunit. Il reprit :

— Je m'aperçois que je me suis trompé sur votre compte. Vous manquez cruellement d'intelligence.

Dans un premier temps, Emily crut avoir mal compris. Elle le regarda avec étonnement.

— Pardon ?

— Vous avez parfaitement entendu : je viens de dire que vous manquez d'intelligence.

Quand, après coup, Emily repensa à la scène, elle se dit qu'un serpent à sonnette tombant sur la table n'aurait pas eu plus d'effet sur elle. Elle sentit son sang se figer dans ses veines et un souffle glacé l'envelopper.

— Comment osez-vous dire cela ? De quel droit ? parvint-elle à bégayer.

Sa question tomba dans le vide. Mark ne lui présentait plus que son dos. Il avait opéré un quart de tour vers la gauche pour parler à sa voisine qui le dévorait des yeux.

Emily était mortifiée.

Le sang avait reflué de son visage et elle était probablement aussi pâle qu'une morte.

Dieu merci, autour de la table, personne n'avait remarqué l'incident.

Elle se leva, pressée de partir. Pas question de rester une minute de plus dans cet endroit où elle n'aurait jamais dû venir. Hélas, il lui faudrait d'abord traverser la salle tout entière, slalomer entre les tables, attirer l'attention sur elle.

Elle devait d'abord se calmer. Faire baisser son rythme cardiaque. Elle avait l'impression que son cœur allait exploser dans sa poitrine.

Un souffle d'air frais lui rappela opportunément que le jardin était tout proche. Elle sortit sur la terrasse et vint s'accouder à la rambarde de pierre, loin des portes-fenêtres, dans un coin peu éclairé.

Elle ferma les yeux et s'obligea à se concentrer sur sa respiration, en expirant profondément.

Pourtant, malgré ses efforts pour détourner ses pensées, elle ne pouvait s'empêcher de revivre en boucle la scène qui venait de se jouer avec Callaghan.

« Vous manquez d'intelligence. » Il lui avait dit qu'elle manquait d'intelligence.

Elle revoyait son sourire s'effacer, elle entendait sa voix prendre brusquement un ton coupant.

Parce qu'elle avait osé lui dire non.

*Quel individu misérable !*

La nuit tombait sur Sacramento. De la terrasse du palais, on voyait les hautes tours du quartier d'affaires tout illuminées. Le ciel était constellé d'étoiles qui semblaient s'être écartées pour laisser une place à une demi-lune légèrement rougeâtre.

Emily frissonna face au vent humide qui remontait de la rivière.

Son cœur avait repris son rythme normal. Ses exercices de respiration lui avaient permis de se calmer.

L'incident qui venait de se dérouler en disait long sur la personnalité de Callaghan. Un être imbu de lui-même ne supportant pas la contradiction. De toute évidence, le combat ne faisait que commencer. Il ne renoncerait pas à son projet simplement parce qu'elle s'était opposée à lui. Il avait de l'argent, il mettrait en branle une véritable machine de guerre juridique. C'était couru d'avance.

Elle entendit de la musique s'échapper par les portes-fenêtres. Le signal qu'elle attendait pour partir. Si les invités commençaient à danser, personne ne ferait attention à elle quand elle traverserait la salle.

Elle abandonna presque à regret la rambarde où elle s'était accoudée pour se diriger vers la salle de bal.

Mais au moment de passer la porte, elle retomba nez à nez avec l'homme d'affaires. De surprise, tous deux s'arrêtèrent net.

— Où étiez-vous passée, Emily ? Je m'inquiétais.

— Vous vous inquiétiez ? De quoi ?

— Je vous ai vexée. Je voulais vous présenter mes excuses. Mes paroles ont outrepassé ma pensée.

— Je n'ai pas du tout eu cette impression.

— Comprenez que ce projet est d'une importance extrême pour moi. Il me fait perdre la raison. Je suis désolé.

— Je crois surtout que vous ne supportez pas que l'on s'oppose à vous. Quoi qu'il en soit…

— Vous aimez la valse ?

— Quel est le rapp…

— Venez !

Il attrapa la main d'Emily et l'emmena dans la salle de bal où virevoltaient déjà une vingtaine de couples.

Surprise, elle se laissa entraîner. Elle vit tout de suite que Mark était un excellent danseur. La main gauche posée dans son dos, il la guidait de l'autre main au rythme de la musique. Malgré son peu d'entraînement, Emily n'avait aucun mal à le suivre. Ses pas s'enchaînaient naturellement aux siens.

Trois danses se succédèrent sans que Mark fasse mine de s'arrêter.

Emily ne savait que penser. Depuis qu'elle s'était laissé entraîner, plus un mot n'avait été échangé, la musique était trop forte, le rythme trop rapide.

La main qu'il tenait dans son dos restait légère et s'il leur arrivait de s'effleurer, il veillait à n'avoir jamais de geste équivoque.

Emily sentait ses défenses tomber une à une. Alors qu'un quart d'heure plus tôt, elle le maudissait, elle était de nouveau subjuguée par lui.

Il ne le fallait pas. Hors de question de se laisser séduire. Elle savait lire ses intentions. Cet homme jouait sur tous les tableaux pour parvenir à ses fins.

Durant le court silence qui marqua la fin de leur danse, elle s'écarta.

— Merci Mark, mais il est temps que je rentre.

— Vous m'appelez Mark, c'est un progrès. Mais je ne peux pas vous laisser partir aussi vite. Je voudrais être sûr que vous me pardonnez mes outrances.

— J'ai peine à croire que ce n'était pas délibéré de votre part. J'accepte néanmoins vos excuses. Ne croyez pas pour autant que je céderai sur le reste.

— Je vais voir si d'autres solutions sont possibles. Mais mon invitation de nous retrouver à San Francisco tient toujours. Qu'en pensez-vous ?

— Je vais réfléchir, Mark. Rappelez-moi la semaine prochaine.

Elle s'éloigna, fière d'avoir su reprendre la situation en main.

Pour le moment du moins…

# 4.

La matinée était déjà bien entamée. Sous son grand chapeau de toile blanc, Emily transpirait. Le thermomètre n'allait pas tarder à dépasser les 40°C.

Avec Josh, elle avait commencé le dressage des poulains. On les avait laissés en totale liberté dans la grande prairie depuis leur naissance huit mois auparavant. Il était désormais temps de les préparer à leurs futures carrières de champions.

Il en était des pur-sang comme des humains : beaucoup d'appelés, peu d'élus. Avant de savoir lesquels pourraient un jour concourir sur un champ de courses et rapporter des milliers, voire des millions de dollars à leurs propriétaires, plusieurs années seraient nécessaires.

Emily aimait particulièrement ce travail. Sultan, le poulain que Josh avait fait entrer dans le manège, était l'un de ses préférés de la dernière vague de naissances. Il avait une belle robe marron foncé qui luisait tellement qu'elle paraissait enduite de brillantine.

Sultan ne serait pas facile à dresser, il affirmait déjà un caractère rebelle. Le canaliser pour qu'il donne plus tard le meilleur de lui-même représentait un vrai défi.

Encore pas tout à fait remise de la soirée de la veille – elle était rentrée du palais du gouverneur à plus de 2 heures du matin –, Emily venait de passer le relais à Josh et s'accordait une pause.

Elle sortit son téléphone pour bavarder un instant avec son

amie Alyson qui lui avait offert l'hospitalité à Sacramento la nuit précédente. Toutes deux s'étaient connues à l'école vétérinaire et, depuis, se voyaient et se téléphonaient régulièrement.

— Hello Mily, lui dit celle-ci, en forme après ta soirée de folie ?

— Folie, n'exagérons rien. Mais oui, c'était une belle soirée. Chic, stylée. Merci encore de m'avoir prêté ta robe. J'ai eu droit à des compliments sur elle.

— Sur elle ? Plutôt sur toi, je crois. Figure-toi qu'il y a à peine dix minutes, je parlais à ma copine Sarah qui me disait que tu avais fait ton petit effet à la table du gouverneur. Tout le monde te regardait.

— Elle exagère. Franchement, je n'ai rien remarqué de tel.

— On voit que tu ne sors pas beaucoup à Sacramento. Voir sans être vu est un jeu ici dans les soirées mondaines. En tout cas, Sarah a trouvé que tu faisais les yeux doux à ton beau promoteur.

— Tu parles ! Figure-toi qu'il m'a quasiment traitée d'idiote.

— Non !

— Plus exactement, il m'a dit que je manquais d'intelligence ! Il n'a pas aimé que je lui dise que jamais je n'accepterai qu'une route traverse notre domaine.

— On t'a pourtant vue danser de manière très langoureuse avec lui. Vous étiez à deux doigts de vous embrasser, paraît-il.

— N'importe quoi. Il m'a invitée par surprise à danser la valse et, comme la musique ne s'arrêtait pas entre les morceaux, j'ai bien été obligée de suivre.

— D'après Sarah toujours, il a déclaré à la femme du gouverneur que malgré ton mauvais caractère tu étais très séduisante.

— Tu es sûre que ton amie Sarah ne réécrit pas l'histoire ? On ne dit pas à une jeune femme qu'on trouve séduisante qu'elle n'est pas intelligente. Mais qu'importe, je ne vais désormais le revoir que par avocat interposé.

— À croire qu'il a raison en disant que tu as mauvais caractère…

— Moi qui te prenais pour une amie…, répondit Emily, un sourire en coin.

— Bon, toute plaisanterie mise à part, quand reviens-tu à Sacramento ? Nos soirées entre filles me manquent !

— À moi aussi, figure-toi. Malheureusement, il y a tellement de travail au domaine que je ne sais pas quand je vais pouvoir me libérer. Mais, après tout, pourquoi ce ne serait pas toi qui viendrais ? Des vacances à la campagne, dans le plus beau domaine qui soit en Californie, ça serait reposant pour toi.

— Je vais y réfléchir. Allez, salut ma belle, il y a ma boss qui m'attend. Je dois raccrocher.

Emily avait le sourire aux lèvres en rangeant son téléphone dans la poche arrière de son jean. Ainsi donc, Mark Callaghan l'avait trouvée séduisante ! Bon pour l'ego, ça ! Mais cela ne l'empêchait pas d'être un parfait requin. Qu'elle soit séduisante ou pas, il passerait outre son refus pour construire sa route. Une rude bataille allait s'engager. Elle se sentait de taille.

Alors qu'elle s'apprêtait à repasser de l'autre côté de la clôture de rondins pour rejoindre Josh, elle sentit son téléphone vibrer dans sa poche. Le numéro qui s'affichait sur le cadran lui était inconnu.

— Emily ? C'est Mark.

— Mark ?

— Mark Callaghan. Vous vous souvenez de moi, j'espère.

Surprise, Emily laissa s'écouler plusieurs secondes avant de répondre.

— Je me souviens de vous, oui. Peut-être devrais-je ajouter : malheureusement.

— Vous sembliez pourtant heureuse de danser avec moi hier soir.

— Ne vous fiez pas aux apparences, monsieur Calla… Mark. Vous dansez bien, je n'irai pas dire le contraire, mais n'en tirez aucune conclusion me concernant.

— Emily, je sais que mon projet vous contrarie au plus haut point, pourtant je suis sûr que nous trouverons un point d'enten…

— Non, Mark, le seul point d'entente possible, c'est l'annulation pure et simple du tracé de cette route à travers notre domaine. Cela me paraît assez clair. Non ?

— Vous êtes têtue, décidément… Je change de sujet. Que faites-vous maintenant ?

— Maintenant ?

— Oui, à ce moment précis où nous parlons.

— Je suis dans le manège extérieur et avec Josh, l'intendant du domaine, je m'occupe de débourrer un poulain.

— Débourrer ?

— Dresser, si vous préférez.

— Je suis sur le futur chantier au Red Velvet Lake. Que diriez-vous de le voir ? Je ne vous prendrai qu'une demi-heure de votre temps.

— Une demi-heure ? Le lac est à plus de soixante kilomètres d'ici !

— Je suis venu en hélicoptère, il me faut à peine dix minutes pour arriver.

Emily était stupéfaite. Il avait un hélicoptère !

Elle hésitait. Elle avait toujours rêvé de survoler le domaine et ses alentours. C'était l'occasion ou jamais.

— C'est d'accord, je vous attends.

— Ah, vous me rassurez. Je trouvais votre silence bien long. Il y a un endroit pour atterrir ?

— Dans la cour d'honneur. L'espace est dégagé.

— Parfait, j'arrive.

Emily se tourna vers son intendant.

— Josh, peux-tu continuer la séance sans moi ? Je dois me changer, on vient me chercher.

Sans écouter sa réponse, elle se précipita à l'intérieur du bâtiment principal. Elle voulait absolument prendre une douche avant que l'hélicoptère arrive.

À peine finissait-elle d'enfiler un jean propre que, déjà, elle entendait le vrombissement de l'appareil au-dessus du toit.

Elle arriva sur le perron au moment où Mark Callaghan sortait du cockpit.

Le souffle du rotor avait fait voler quelques pots de géraniums dans la cour d'honneur.

— Bonjour Emily, l'entendit-elle hurler pour couvrir le bruit du moteur. Vous venez ?

Mark la prit par la main et l'installa sur le siège passager. Il lui tendit un casque doté d'un micro.

— Ça risque de vous décoiffer, désolé.

S'asseyant à côté d'elle, il l'aida à ajuster sa ceinture de sécurité.

— Vous êtes encore plus séduisante en jean et T-shirt qu'en robe.

— Autant que vous le sachiez tout de suite : ce genre de compliments n'a aucun effet sur moi.

— J'en prends note. Attention au décollage !

L'hélicoptère prit de la hauteur. Vue du ciel, la propriété ressemblait à une maison de poupée et les diverses prairies qui l'entouraient tissaient un patchwork de vert et de jaune. Très vite, elles laissèrent place à une forêt touffue qui formait un tapis de verdure ondulant au gré de la brise.

— C'est votre baptême de l'air en hélicoptère ?

— Oui, pour moi, c'est une première.

— J'espère vous en faire connaître d'autres.

Il prononça ces derniers mots avec un léger sourire aux lèvres.

Emily le regarda, interloquée. Que voulait-il dire ? À quoi pensait-il ?

Elle n'eut pas le temps de s'appesantir. Ils survolaient déjà le Red Velvet Lake. Mark avait dit vrai : moins de dix minutes leur avaient suffi pour l'atteindre.

Une brume de chaleur recouvrait la surface de l'eau. Quelques rares bosquets de plantes aquatiques émergeaient ici et là.

Emily remarqua que les arbres s'élevaient des rives abruptes. Ils dressaient autour du lac une palissade brun et vert à l'aspect infranchissable.

Alors qu'elle se demandait où Mark allait pouvoir poser son hélicoptère, un vaste promontoire rocheux apparut soudain au creux de la futaie de pins.

Mark stabilisa son appareil puis fit descendre celui-ci lentement pour le poser tout en délicatesse sur le rocher.

— Alors, que pensez-vous de cet endroit ?

— C'est magnifique, mais d'ici, je ne vois aucun endroit pour bâtir une ville.

— S'il y en avait un, nous ne serions pas là car ce serait fait depuis longtemps. Mon défi est aussi grand que celui du tsar Pierre le Grand quand il a projeté de construire Saint-Pétersbourg sur des marécages. Tout est à faire. Venez avec moi.

Ils s'approchèrent du surplomb rocheux qui dominait la surface du lac d'une cinquantaine de mètres. D'un geste du bras, il balaya le paysage.

— Regardez, l'emplacement de la future ville est là, sur le côté. Vous imaginez le port au premier plan, la plage et derrière les immeubles et, enfin, tout au fond, juchées sur les collines, les maisons ?

Il se tourna vers Emily.

— Dites-moi que vous croyez à ce projet.

Il lui prit les deux mains et l'attira à lui. Son visage n'était qu'à quelques centimètres du sien.

— J'ai besoin de vous.

Emily se recula, retirant ses mains. Elle était troublée mais voulait n'en rien laisser paraître.

— Je suis désolée, Mark, mais si vous pensez à mon accord pour traverser mon domaine, c'est toujours non.

Il fit comme s'il ne l'avait pas entendue.

— C'est l'affaire de ma vie, mon Graal à moi. Rien ne m'empêchera de l'atteindre.

Il s'était détourné d'elle et embrassait le paysage du regard.

— Dans dix ans, ce sera le lieu le plus couru d'Amérique. Un nouveau Las Vegas, un nouvel Atlantic City.

Sous l'effet de l'exaltation, sa voix vibrait. Emily la sentait résonner en elle.

— C'est un projet colossal. Il faut déforester, assainir, démoustiquer, construire… Investir plusieurs centaines de millions de dollars…

Il revint vers elle.

— Peut-être n'avez-vous pas confiance en moi, en mes possibilités ?

Sa question n'en était pas une. Le ton arrogant qu'il avait employé pour la poser montrait que personne n'était autorisé à douter de lui.

— Il faut absolument que je vous montre la maquette de la ville que je vais construire, enchaîna-t-il. Elle est dans mes bureaux de San Francisco. Je vous emmène !

— Mais je dois…

— Pas de mais !

Mark n'admettait pas la réplique.

Il prit Emily par le poignet et l'entraîna vers l'hélicoptère.

— Je voudrais tout de même prévenir Josh, l'intendant du domaine, que mon absence va se prolonger.

— Faites. Le cadran du téléphone satellitaire est devant vous.

Emily n'en revenait pas. Par deux fois, Mark l'avait troublée en lui saisissant les mains.

Comme lors de leur première rencontre, elle avait senti

un frisson parcourir sa colonne vertébrale puis une chaleur inconnue s'emparer d'elle au plus profond d'elle-même. Bien sûr, cela avait été fugace, l'espace de deux ou trois secondes, guère plus, mais l'intensité de cette chaleur avait été telle qu'elle restait imprimée en elle.

Elle espérait que Mark n'avait pas perçu son trouble. S'il se rendait compte qu'il suffisait d'un rien pour la mettre en émoi, il en profiterait. Elle devait se rappeler que la seule chose qui comptait pour lui était la construction de cette route. Et qu'il userait de tous les moyens possibles pour la convaincre d'accepter sa proposition d'achat.

Moins d'une demi-heure suffit à l'appareil pour atteindre la baie de San Francisco. Mark lui fit survoler le pont du Golden Gate avant de pousser jusqu'à Richmond où les propriétés de riches célébrités se dissimulaient dans les collines.

Du doigt, il lui montra une énorme bâtisse, perchée sur un éperon rocheux.

— Vous voyez cette villa au toit de tuile rouge ? C'est la mienne. Remarquez la piscine en forme de C, comme Callaghan. C'est une initiative de l'architecte. Un peu mégalo à mon goût mais je l'ai laissé faire.

La propriété, entourée d'arbres et de massifs fleuris, avait fière allure.

— Le panorama qu'elle offre sur la baie de San Francisco est fabuleux, poursuivit Mark. Vous verrez, vous ne vous en lasserez pas.

Emily tiqua. Cela faisait plusieurs fois que Mark laissait entendre que leurs relations étaient appelées à se prolonger. N'était-ce pas étrange alors même que leurs relations étaient parties pour virer au vinaigre ?

Bien sûr, elle avait accepté de monter dans son hélicoptère, mais s'il était honnête avec lui-même, Mark reconnaîtrait qu'elle s'y était laissé embarquer à son corps défendant, sans avoir eu vraiment le temps de réfléchir.

L'appareil était maintenant arrivé en surplomb du Financial District, le quartier d'affaires de San Francisco, où les gratte-ciel étaient presque aussi nombreux qu'à Manhattan.

Mark lui fit perdre de la hauteur et le posa tout en douceur sur le toit d'un des immeubles.

Un homme en combinaison orange vint les accueillir.

— Bonjour Bill, lui dit Mark, je repars dans une heure. Je te laisse le soin de faire les vérifications habituelles.

Ils prirent un ascenseur qui les descendit au trente-deuxième étage.

— Bienvenue au siège de Callaghan Real Estate, la société fondée par mon père. Je pense d'ailleurs qu'il est là aujourd'hui. Venez, je vais vous présenter.

Mark lui fit traverser un immense open-space où régnait une activité intense. L'ambiance semblait sérieuse, mais décontractée.

Situé au bout du plateau, le bureau de Paul Callaghan était isolé des autres par des cloisons en verre.

Mark toqua à la porte.

Son père était un homme d'une soixantaine d'années au crâne dégarni et à la barbe poivre et sel.

— Papa, je te présente Emily Atkinson, la propriétaire du Sandlake Meadows. Je t'en ai déjà parlé.

— Ah oui, effectivement. Bonjour, mademoiselle. Vous me paraissez bien jeune pour diriger un tel domaine.

— Bonjour, monsieur. J'ai dû prendre la succession de mon père au pied levé. Je n'ai pas eu le choix. Il a été victime d'un AVC.

— Je le plains, quelle horreur… J'espère qu'une telle chose ne m'arrivera pas. La proposition de rachat que vous a faite mon fils a votre agrément ?

— Papa, s'il te plaît, c'est un sujet sensible pour Emi… Mlle Atkinson. On va y aller doucement. Pour l'instant, je l'ai fait venir pour qu'elle voie la maquette.

— Très bien, je te laisse faire. Après tout, c'est ton projet. Puis-je me permettre de vous dire que vous êtes très jolie ?

— C'est aimable à vous de me le dire mais je n'aime pas trop qu'on me complimente sur mon physique.

— J'ai eu droit à la même remarque il y a à peine un quart d'heure, intervint Mark en souriant.

— Mlle Atkinson a tort. Mais je m'en souviendrai. Si nous nous revoyons, bien sûr !

— Mon père suit désormais mes affaires de très loin, dit Mark en entraînant de nouveau Emily à travers l'open space, mais j'aime le tenir informé. Je vous conduis maintenant à mon bureau.

Celui-ci était aménagé dans un angle de l'immeuble. Il était vitré du sol au plafond. Sur un côté, la paroi de verre donnait sur le gratte-ciel voisin dont la façade jetait des éclats dorés, sur l'autre, elle plongeait dans la baie de San Francisco. On distinguait au loin des voiliers aux voiles bigarrées passer sous le fameux pont du Golden Gate.

Mark entraîna Emily jusqu'à la baie vitrée.

— Joli panorama, vous ne trouvez pas ?

— Si on aime la ville, oui, incontestablement. Mais je préfère tout de même la vue que j'ai tous les matins depuis ma chambre : au loin, les sommets enneigés de la sierra Nevada, devant, les prairies où galopent mes pur-sang.

Mark sourit.

— Je ne vais pas perdre de temps à essayer de vous faire changer d'avis. Venez, je vous montre la maquette.

Celle-ci occupait tout un pan du bureau. Elle était immense. Emily reconnut tout de suite le Red Velvet Lake, dont la surface argentée était simulée par du papier aluminium bleu. Des maisons et des immeubles miniatures se dressaient tout autour. Le maquettiste avait poussé le réalisme jusqu'à faire fonctionner les jets d'eau dans les parcs publics.

— Qu'en pensez-vous ?

Emily le vit passer derrière elle. Posant une main sur son épaule, il lui montra la maquette de l'autre.

— Vous voyez ce rocher ? C'est là que nous nous sommes posés ce matin.

Le contact de sa paume paralysa Emily. Mais, inexplicablement, elle ne réagit pas. Pas davantage que Mark qui, comme si de rien n'était, venait de se lancer dans la description des équipements qu'il prévoyait.

*Une main de fer dans un gant de velours.*

L'expression s'imposa à elle comme une évidence. L'étreinte de Mark était ferme pourtant elle aurait pu se dégager sans difficulté, tant sa préhension était douce, semblable à une caresse.

Un frisson lui parcourut l'échine. Elle ferma les yeux, s'abandonnant à cette délicieuse sensation.

— Emily, vous m'écoutez ?

Elle revint à la réalité.

Mark allait trop loin. Il ne devait pas la toucher ainsi.

Elle se retourna, écarta sa main du bout des doigts. Mais à peine lui fit-elle face qu'il la reprenait par les deux épaules. Il plongea ses yeux dans les siens.

— Emily, vous comprenez maintenant pourquoi ce projet est si important pour moi ?

Elle se rendit compte alors que son esprit avait décroché durant le long soliloque de Mark. Elle n'avait quasiment rien retenu de ce qu'il avait dit.

*Mon Dieu, qu'il est beau !*

— Je comprends Mark mais…

Il avait approché son visage, ses lèvres n'étaient plus qu'à quelques centimètres des siennes.

Il avait le même regard que lors de leur toute première rencontre à Sacramento. Impénétrable. Que pensait-il à cette seconde précise ?

Prise de vertige, elle ferma les yeux. Elle était comme

hypnotisée. Prête à défaillir, elle attendait le moment où sa bouche virile allait prendre possession de la sienne.

Et puis soudain, le flash. Elle le revit en train de présenter son projet dans la salle de bal. La carte de la région. La route tracée toute droite entre San Francisco et le Red Velvet Lake. Et puis, l'humiliation qu'il lui avait fait subir : « Vous manquez d'intelligence. »

*Non, non, ce n'est pas possible !*

Elle se recula.

— Je lis clair dans votre jeu, Mark. Je ne suis pas dupe. Je sais parfaitement ce que vous attendez de moi. Mais, je vous l'ai déjà dit, c'est non !

Mark, à son tour, fit un pas en arrière.

— Vous vous méprenez sur mes intentions, Emily. Vous m'attirez. Vous disant cela, je suis sincère.

— Je pourrais vous dire la même chose mais nos intérêts sont trop divergents pour que nous puissions nous entendre.

Un long silence s'établit. Ils se regardaient les yeux dans les yeux sans ciller. Plus d'une minute s'écoula ainsi. On aurait pu croire que, victimes d'un sort jeté par un sorcier, ils avaient été transformés en statues de sel.

Ce fut Mark qui rompit le premier, faisant un pas sur le côté.

Il ne souriait plus et il avait le regard sombre.

— Je crois qu'il vaut mieux que nous en restions là pour aujourd'hui. Je ne désespère pas de vous convaincre, il nous faudra du temps, c'est tout.

Il poursuivit d'une voix sèche :

— C'est dommage. Le temps perdu ne se rattrape pas. Je demande à Bill de vous reconduire.

# 5.

— Madame Emily, les premiers invités arrivent. Il faudrait que vous descendiez.

— Merci June. J'arrive.

Emily s'approcha du miroir pour vérifier son maquillage. Elle avait fait le minimum, juste un doigt de fond de teint pour masquer les cernes sous ses yeux et un trait de rouge à lèvres pour redonner vie à sa bouche.

Le plus dur allait commencer. Faire bonne figure face à tous ces invités au visage empreint de tristesse qui allaient défiler.

La cérémonie se déroulerait dans le grand salon dont, pour l'occasion, on avait recouvert les murs de tentures noires. Le cercueil avait été posé sur un piédestal devant la cheminée, face aux rangées de sièges.

Une soixantaine de personnes avaient annoncé leur venue. Emily avait voulu faire les choses dans les règles. D'abord une bénédiction religieuse puis les hommages des invités qui voudraient prendre la parole.

Le matin même, les employés du domaine avaient salué son père une dernière fois. Des larmes avaient coulé. Malgré sa rudesse et sa propension à s'emporter facilement, Joe Atkinson était apprécié de ceux qui travaillaient sous ses ordres.

Une simple pneumonie avait eu raison de lui. Moins de

trois jours avaient suffi pour l'emporter dans les grandes plaines éternelles.

« Ne soyez pas triste, avait dit le Dr Watson qui suivait la famille depuis quarante ans, son AVC ne lui donnait aucune perspective, il a préféré tirer sa révérence de lui-même. »

Même si elle s'attendait à cette issue, le choc avait été terrible pour Emily qui se retrouvait seule pour diriger le domaine.

Les deux premiers jours, elle avait beaucoup pleuré mais le troisième, elle avait repris le dessus et affichait désormais un visage apaisé.

Ce visage, elle avait décidé que ce serait le sien durant toute la cérémonie. Elle était la propriétaire et directrice du domaine, elle savait qu'aucune faiblesse ne lui était permise devant les notables et les clients qui seraient là.

Lorsque June ouvrit la porte pour laisser entrer les premiers invités, elle se tenait debout au milieu du hall, l'air calme et décidé.

— Aaron ! C'est vraiment gentil à vous d'être venu, dit-elle en venant à sa rencontre.

— Non, Emily, c'est bien naturel. J'avais beaucoup d'amitié pour votre père…

Déjà, derrière lui, deux couples se pressaient et, dans la grande allée bordée de palmiers qui menait au perron, plusieurs voitures se suivaient.

La cérémonie commença avec à peine dix minutes de retard sur l'horaire prévu.

Le pasteur O'Hara fit une allocution sans originalité, la même sans doute qu'il devait ressortir à chaque décès dans la région. Le maire de Mariposa Bridge City, deux clients du domaine et Josh, l'intendant, lui succédèrent. Sans surprise, chacun dit combien il avait apprécié Joe Atkinson et combien il regrettait sa disparition.

Plus personne ne manifestant alors le désir de prendre la

parole, Emily se leva et vint se placer au centre de l'allée, pour s'adresser à l'assistance.

Elle commença par exprimer sa peine. Elle le fit en des termes simples et mesurés, tout en émotion contenue. Elle rendit un bel hommage à son père, disant quel exemple il avait été pour elle, un homme fort, intègre, généreux, une « belle et grande personne » aimée de tous.

Alors qu'elle arrivait à la moitié de son récit, on entendit au loin un vrombissement qui se rapprochait et qui finit par devenir tellement fort qu'Emily dut s'interrompre.

*Un hélicoptère !*

Elle ne connaissait dans ses relations qu'un seul propriétaire de ce type d'appareil.

Mark.

*Non, non. Pourvu que ce ne soit pas lui !*

Un instant, elle se raccrocha à l'idée qu'il pouvait s'agir d'un hélicoptère de la police et des pompiers mais, au fond d'elle-même, elle n'était pas dupe.

Le bruit s'atténuant avant de s'arrêter complètement, elle reprit son discours. Sa parole coulait et ses phrases s'enchaînaient sans heurt mais ceux de l'assistance qui la connaissaient un tant soit peu pouvaient percevoir son état d'extrême tension.

Comme elle s'y attendait, elle vit quelques instants plus tard Mark Callaghan s'encadrer dans le chambranle de la porte du grand salon.

Elle n'était pas victime d'une hallucination, c'était bien lui en chair et en os.

Mark avec sa stature imposante, Mark avec son visage viril, Mark avec son magnétisme qui, même à vingt mètres, l'électrisait.

Comment avait-il appris la nouvelle ? Son nom n'avait pas été porté sur la liste des invités à la cérémonie, ni même sur celle des destinataires du faire-part de décès. Quoi qu'il en soit, il ne manquait pas de toupet. Elle lui avait fait clairement savoir le peu d'estime que son père avait pour lui. Pourquoi se présentait-il ici alors qu'il y était tout sauf le bienvenu ?

Cherchait-il à profiter de la période de désarroi que traversait Emily pour faire tomber ses défenses ?

Les questions sans réponses s'entrechoquaient dans son esprit. Pourtant, restant maîtresse d'elle-même, elle réussit à poursuivre son récit sans en perdre le fil.

*Ne pas perdre ma concentration, surtout pas.*

S'efforçant d'ignorer Mark qui prenait place dans la dernière rangée, la seule où quelques sièges restaient vides, elle veillait désormais à ne regarder que les seuls invités du premier rang. Heureusement, elle arrivait à la conclusion de son discours.

— Cher papa, je voudrais te dire enfin que je fais ici la promesse solennelle de conserver le domaine dans l'état où tu me l'as laissé, sans qu'aucun projet, aujourd'hui comme demain, vienne l'altérer. Adieu, papa.

Les yeux d'Emily avaient brillé plus qu'à l'accoutumée durant son discours mais aucune larme n'avait perlé de ses paupières.

Tenir sa résolution de ne pas pleurer lui fut plus difficile ensuite lors de l'épreuve des condoléances où l'émotion était à fleur de peau.

Mark avait pris place dans la file des invités qui attendaient pour lui parler. Plus il approchait, plus elle sentait son cœur s'emballer.

Son tour arrivé, il se planta devant elle. Il lui saisit les deux mains et la dévisagea avec compassion.

— Chère Emily, vous ne me croirez probablement pas, mais tant pis, je vous le dis quand même : la disparition de votre père me peine.

— Mais vous ne le connaissiez pas ! Vous ne l'avez même jamais rencontré.

— Vous vous trompez. Nous nous sommes vus plusieurs fois, et la dernière, à peine trois semaines avant son accident.

Emily le regarda, stupéfaite. Il mentait, ce n'était pas possible autrement !

Elle chercha une réplique qui allait le crucifier sur place quand elle s'aperçut qu'une dizaine d'yeux la regardaient. Ce n'était ni le lieu ni le moment de faire un esclandre.

— Je vous remercie d'être venu, dit-elle d'une voix mécanique. Cela me touche beaucoup.

Elle retira ses mains et se tourna vers le couple qui suivait Mark dans la file, manière de mettre fin à leur conversation.

Pourtant, dans sa poitrine, son cœur battait la chamade. Cet homme était diabolique. Elle était attirée par lui comme le métal par un aimant. Irrésistiblement. Comment l'expliquer alors qu'il représentait tout ce qu'elle détestait ? La force brute, l'arrogance, l'orgueil. Par-dessus le marché il mentait !

Pendant qu'elle s'entretenait avec les derniers invités, elle surveillait du coin de l'œil Mark qui, comme à Sacramento, allait de groupe en groupe en serrant les mains.

Une collation avait été prévue après la cérémonie dans le grand salon. June avait bien fait les choses. Posés sur des guéridons, différents plateaux proposaient sandwichs, victuailles et mignardises et, derrière le bar, des employés du domaine s'activaient pour servir des boissons aux invités.

Les mines compassées ne tardèrent pas à s'éclairer. Au fil des minutes, la tristesse qui planait dans l'air depuis le début de la cérémonie se faisait moins pesante. Elle disparut totalement lorsqu'un vieil ami de la famille se mit à raconter quelques-unes des frasques de son père, déclenchant un rire, puis deux, puis trois.

Emily écoutait ces bavardages d'une oreille distraite et se contentait d'un sourire quand une partie des invités s'esclaffait sans retenue.

Il lui trottait dans la tête la révélation que lui avait faite

Mark : il lui avait dit avoir rencontré son père à plusieurs reprises et la dernière, peu de temps avant son AVC.

Cela lui paraissait inconcevable. Si cela était vrai, pourquoi ne l'avait-elle pas su ? Même si son père n'était pas un champion de la communication, il avait l'habitude de lui raconter les épisodes marquants de ses journées. Or, sa rencontre avec un promoteur immobilier désirant tracer une route à travers le domaine était tout sauf anodine, il lui en aurait forcément parlé.

De loin, elle voyait Mark s'entretenir avec Aaron. Leur discussion semblait très cordiale. Quelqu'un qui ne le connaissait pas aurait pu penser qu'il était un habitué du domaine.

L'un des employés qui faisait office de barman fit signe à Emily que le whisky n'allait pas tarder à manquer. Elle se dirigea alors vers l'office pour le signaler à Josh qui avait la mainmise sur l'ensemble des approvisionnements du domaine.

Quand elle revint, Mark l'attendait à l'entrée du grand salon. Il barrait la double porte de sa haute stature comme s'il voulait l'empêcher de passer.

La meilleure défense étant l'attaque, c'était le moment ou jamais pour Emily de lui dire ce qu'elle avait sur le cœur.

— Alors, comme ça, vous avez rencontré mon père. Je suis curieuse de savoir quand.

— Je savais que vous ne me croiriez pas. Aucun problème, je peux vous donner les dates et les heures exactes de nos différents rendez-vous.

Il sortit son smartphone de sa veste et consulta son agenda.

— Pour ne rien vous cacher, je l'ai rencontré à quatre reprises au total. Le 6 janvier, le 15 février, le 23 mars et le 14 avril. Il était prévu que nous nous rencontrions de nouveau le 24 mai mais cela ne s'est pas fait pour les tristes raisons que vous connaissez.

Emily le regardait, interdite. Disait-il la vérité ? Ou sa

duplicité était telle qu'il était prêt à lui faire avaler le plus improbable des bobards pour parvenir à ses fins ?

— Je vois que vous ne me croyez toujours pas. Que pourrais-je faire pour vous convaincre ?

Il parut réfléchir quelques instants puis lâcha :

— Un selfie, ce serait une preuve suffisante ?

Il lui tendit son téléphone sur l'écran duquel une photo s'affichait.

— Cette photo a été prise lors de notre deuxième rendez-vous à San Francisco, voyez vous-même.

Emily reconnut immédiatement son père, attablé avec Mark dans la salle d'un restaurant. Les deux hommes regardaient l'objectif en souriant.

— Nous étions au Las Hijas del Gallo. Vous connaissez ?

Emily réfléchissait à toute vitesse. En février, elle était encore à l'école vétérinaire. Elle téléphonait à son père toutes les semaines, ils avaient donc forcément échangé des nouvelles. Jamais, elle en était certaine, il n'avait mentionné une quelconque rencontre avec Mark.

— Je ne connais pas ce restaurant. Mais je ne vais pas très souvent à San Francisco non plus.

— La dernière fois, vous n'aviez guère de temps à me consacrer. Sinon, bien sûr, je vous aurais emmenée dîner. Pas forcément au Las Hijas. C'est un bon restaurant mais plus approprié aux repas d'affaires qu'aux dîners romantiques.

Il avait dit ces derniers mots avec un léger sourire qui se voulait ironique.

Emily ne releva pas.

— Vous lui avez parlé de votre projet ?

— Bien entendu.

— Et alors ?

— Alors ? Il était beaucoup plus réceptif que vous, je dois dire.

— Mon père était d'accord pour qu'une route traverse le domaine ?

— Tout à fait. Sans m'avoir encore donné son accord formel, il m'avait dit réfléchir très sérieusement aux propositions que je lui avais présentées.

Abasourdie, Emily laissa Mark poursuivre :

— Les sentiments que suscite en moi sa disparition n'ont évidemment rien de comparable à ceux que vous pouvez éprouver, vous sa fille, mais sachez que je m'étais attaché à lui. Nous nous entendions très bien.

Emily allait de surprise en surprise. Elle regardait Mark intensément, tentant de lire ses pensées. Disait-il vrai ? Mentait-il ?

— Indépendamment de ces photos, avez-vous des documents prouvant un possible accord de mon père ?

— Emily, vous le connaissiez mieux que moi, j'imagine. Vous savez que ce n'était pas un homme à papiers. « Ma poignée de main vous suffira pour conclure l'accord », m'a-t-il dit.

En son for intérieur, Emily soupira. Elle reconnaissait là le mode de fonctionnement de son père, qui avait horreur de tout ce qui relevait de la paperasse. Pour lui, sa parole valait mille fois plus que sa signature au bas d'un document. Combien de fois avait-il eu maille à partir avec la banque ou les compagnies d'assurances qui lui envoyaient des contrats de douze pages en deux exemplaires qu'il refusait obstinément de signer ?

— Vous pouvez me croire, Emily. J'ai certainement des défauts mais mentir n'est pas dans mes habitudes.

Il la prit par les épaules et approcha doucement son visage du sien. Ses yeux d'un bleu intense avaient une puissance magnétique.

Une nouvelle fois, Emily se sentait ensorcelée par cet homme qui avait le pouvoir de faire tomber ses défenses une à une. Elle pressentait qu'il pourrait faire d'elle ce qu'il voulait. Comme un marionnettiste, il la manipulerait à sa guise.

— Non, ce n'est pas possible, je ne vous crois pas !

Emily avait crié avec force, se surprenant elle-même. Elle avait vu Mark se pencher pour l'embrasser. Elle avait fermé les yeux, attendant de sentir ses lèvres se poser sur les siennes. À l'ultime moment, l'image salvatrice de son père se superposant à celle du jeune promoteur lui avait fait retrouver la raison.

— Partez, lui dit-elle. Vous n'avez rien à faire ici. Vous n'avez pas été invité à cette cérémonie.

Mark s'était reculé. Derrière lui, June était apparue.

— Tout va bien, madame Emily ? Je vous ai entendue crier…

— Ce n'est rien, June, je suis en train de m'expliquer avec M. Callaghan.

— Effectivement, votre patronne a la voix perçante, dit Mark sur un ton ironique. Je suppose que c'est une qualité quand on élève des pur-sang.

Se gardant de tout commentaire, June était ressortie en fermant la porte.

— Vous voulez donc passer outre la volonté de feu votre père ?

— Mon intention est de conserver le domaine tel qu'il me l'a légué.

— Il savait que rien n'est figé. Vous avez tort. Votre refus aura des conséquences très négatives. Pour le domaine comme pour vous.

— Ce sera à un magistrat d'en juger, monsieur Callaghan. Voilà plusieurs jours que je réfléchis à cette histoire. J'ai d'ores et déjà mandaté un avocat pour sauvegarder nos intérêts.

Elle vit Mark pâlir.

— Ce serait la pire des solutions. Vous allez immanquablement perdre. Les intérêts en jeu dans le projet que je défends sont trop énormes. La sympathie que j'éprouvais pour votre père m'a fait mettre un frein mais si vous persistez dans votre attitude, vous allez être laminée. Vous n'êtes qu'un fétu de paille. Vous ne pesez rien.

Plus il parlait, et plus Mark s'échauffait. Une légère rougeur teintait maintenant ses pommettes. Sa voix était devenue coupante.

Y avait-il deux Mark en lui ? Le Bien et le Mal coexistant dans la même personne ? Dr Jekyll et Mr Hyde ? se demanda Emily.

La colère, en tout cas, lui allait bien. Même toutes griffes dehors, il ne lui faisait pas peur. La violence chez lui n'était que verbale.

Déjà, il se calmait.

— Excusez-moi, je m'emporte. Je sais que c'est un jour particulier. Je vais vous laisser réfléchir un moment. J'espère que vous reviendrez sur votre entêtement.

Il recula d'un pas.

— Rappelez-vous surtout que les discussions étaient en très bonne voie avec votre père. Sans son accident, l'accord aurait probablement déjà été entériné.

Il ouvrit la porte et disparut dans le salon. Cinq minutes plus tard, on entendit l'infernal vrombissement de l'hélicoptère qui décollait.

À bord de son appareil, Mark ne s'était calmé qu'en apparence. Au fond de lui-même, il bouillait. Mal gérer les contrariétés était un défaut qu'il ne corrigeait que très difficilement.

Il n'aurait jamais pensé qu'Emily lui opposerait une telle résistance. Elle avait vacillé lorsqu'il lui avait appris avoir rencontré son père plusieurs fois avant sa mort, mais cela n'avait pas suffi à la convaincre. Elle avait même eu peine à le croire.

Il ne devait surtout pas se fier à ses allures d'étudiante

timide. Derrière les grands yeux verts qui éclairaient son visage, elle affichait une volonté de fer.

Le combat serait rude. Elle se montrerait une adversaire coriace.

Et si, finalement, ce n'était pas sa détermination qui lui plaisait le plus en elle ?

# 6.

La journée s'annonçait merveilleuse. Le ciel était d'un bleu azur profond, la température douce et agréable, les rues pavoisées de centaines de drapeaux.

Santa Barbara était en fête, Santa Barbara était en liesse. Comme chaque année, les Old Spanish Days avaient attiré une foule considérable, venue des quatre coins des États-Unis.

La parade équestre était le moment le plus attendu des quatre jours. Plus de mille chevaux et équipages allaient défiler à travers la ville, acclamés par les spectateurs enthousiastes.

Emily avait beau participer à la parade pour la sixième fois, elle avait le trac. C'est elle qui avait la tâche de conduire l'équipage du Sandlake Meadows, rôle que tenait son père les années précédentes.

Le thème de l'année était « cours royales d'Europe ». Habillée en princesse autrichienne, elle portait une longue robe blanche en mousseline et arborait sur son chignon un diadème en fausses pierres précieuses.

Elle chevauchait Horatio, l'un de ses pur-sang préférés, assise en amazone, les deux jambes du même côté de la selle. La position n'était pas très confortable mais, en l'obligeant à garder le buste bien droit, elle mettait sa fine silhouette en valeur.

Pour la première fois depuis le décès de son père, elle ressentait une sorte de plénitude, presque du bonheur.

Bien sûr, tout n'était pas rose, la situation financière du domaine était délicate et il faudrait plusieurs mois, voire plusieurs années, pour la redresser, mais Emily avait foi dans sa réussite.

Il y avait aussi la menace représentée par Mark Callaghan et son projet immobilier. Mais, pour le moment, rien n'avait bougé. Le lendemain de la cérémonie funéraire, elle avait contacté un vieil ami de son père, avocat de son métier, pour lui demander conseil. Il ne l'avait ni rassurée ni affolée. Il lui avait simplement expliqué que, tant que l'arrêté du gouverneur n'était pas publié, il n'y avait rien à faire. Elle pouvait oublier tout ce que lui avait dit le promoteur, seuls les écrits importaient.

— Vous êtes belle, madame ! lui cria un jeune garçon juché sur les épaules de son père.

— Pas « madame », *princesse* ! lui répondit-elle, souriante, en soufflant sur sa paume de main pour lui envoyer un baiser.

C'était un plaisir que de voir tous ces spectateurs qui se pressaient des deux côtés des rues pour les applaudir et les photographier en hurlant leur joie.

Bravant les consignes, quelques intrépides sautaient même par-dessus les barrières métalliques juste pour faire un selfie. À ce jeu-là, Emily était l'une des plus sollicitées.

Une fanfare précédait l'équipage du Sandlake Meadows. Les musiciens y allaient de bon cœur, il fallait avoir l'ouïe fine pour entendre les réflexions qui fusaient de toutes parts.

Mais soudain, une voix qu'elle connaissait lui parvint aux oreilles, la pétrifiant sur place.

— Vous remporterez le titre de reine des Old Spanish Days, Emily. Vous êtes la plus ravissante de toutes. Comptez sur moi pour voter pour vous.

Elle se retourna.

Elle n'eut pas à chercher longtemps pour retrouver Mark parmi les trois rangs de spectateurs qui se pressaient contre les barrières métalliques. Juché sur la plus haute marche d'un escabeau, il lui adressait son plus beau sourire.

Il était l'élégance incarnée. Le polo blanc qu'il portait sous sa veste bleu marine faisait ressortir son bronzage et ses abdominaux apparaissaient en relief sous le mince tissu.

— Je vous invite à dîner ce soir, lui cria-t-il, alors que le cortège avançait et qu'elle le voyait s'éloigner. Je vous retrouve à votre hôtel à 19 heures, je sais que vous êtes descendue au California Palace.

Un instant, Emily crut avoir été le jouet d'une hallucination. Comment Mark avait-il fait pour se retrouver à cet endroit précis et surtout, le plus extraordinaire, pour savoir dans quel hôtel elle avait réservé des chambres pour elle et son équipe ?

Elle n'en revenait pas. Il n'était pas promoteur immobilier comme il le prétendait mais à la tête d'un réseau d'espionnage, ce n'était pas possible autrement... Il y avait forcément un employé du domaine qui le renseignait, et pas n'importe quel employé...

Mais tout de même, quel toupet de sa part de penser qu'elle acquiescerait spontanément à sa proposition de le retrouver le soir même !

À vrai dire, elle était partagée. D'un côté, il représentait un danger pour l'avenir du domaine, de l'autre côté, quelle que soit son arrogance, elle avait toutes les peines du monde à résister à son magnétisme.

Même ici, sur son pur-sang, elle avait ressenti un picotement l'envahir tout entière en l'apercevant. Était-ce cela le désir physique dont la littérature et le cinéma faisaient grand cas ?

L'heure tournait et la température grimpait. D'expérience, Emily savait que l'ambiance se tendait inévitablement sur la fin du parcours. Certains spectateurs étaient là depuis 8 heures du matin et avaient bu bière sur bière. Il était temps que le cortège arrive enfin sur la grande esplanade de Santa Barbara où un vaste camp de toile avait été dressé pour accueillir les pur-sang et les équipages.

Sitôt après s'être changée, elle réunit son équipe autour d'elle. Elle tenait à féliciter chacun de la belle tenue du Sandlake Meadows. Un jury notait les équipages et elle espérait bien que, comme les années précédentes, le sien obtiendrait une médaille.

Le soin aux pur-sang prit ensuite une bonne heure, après quoi, elle rentra à l'hôtel.

Elle n'avait qu'une seule idée : prendre un bain. Elle se plongea dans l'eau tiède avec délice. La monte en amazone quatre heures durant l'avait épuisée, se prélasser ainsi représentait à l'instant présent le summum du plaisir.

À l'origine, la soirée qui suivait la parade équestre était la seule pour laquelle elle ne prévoyait rien, sinon se reposer en attendant la grande course du lendemain.

Mark allait donc bouleverser son plan. Il était encore temps de refuser. Il suffisait qu'elle appelle la réception pour qu'elle lui transmette le message.

Tout en jouant avec la mousse qui recouvrait la surface de l'eau, elle pesait le pour et le contre. Pile, elle s'habillerait pour descendre dans le hall à 19 heures, face, elle resterait dans sa chambre et passerait la soirée devant une série télé.

Elle hésitait. Plus les minutes défilaient, plus elle tergiversait.

Elle se résolut tout de même à sortir de son bain avant qu'il ne soit trop tard pour se préparer. Elle jeta un œil à sa montre : 18 h 40. Il était temps de se décider. Pile ou face, face ou pile ? Eh bien, ce serait une pièce de cinquante cents qui en déciderait.

Elle la lança d'une pichenette vers le plafond et attendit qu'elle retombe sur la moquette.

Elle se pencha vers le sol. Pile ! Elle devait s'habiller et rejoindre le jeune promoteur dans le hall.

Très vite, elle enfila la robe froncée fleurie qu'elle avait prévue pour la soirée de clôture. C'était une robe toute simple. Tenue par deux minces bretelles nouées aux épaules, elle était serrée à la taille et s'évasait ensuite pour s'arrêter quelques centimètres au-dessus des genoux.

Une très légère couche de fond de teint, un soupçon de rouge à lèvres et un rapide coup de peigne, elle était prête.

Mark l'attendait dans le hall, toujours aussi élégant dans un costume de lin parfaitement ajusté.

— Bonsoir Emily, c'est un vrai plaisir de vous revoir ici, à Santa Barbara.

— Et, pour moi, une vraie surprise. Je ne savais pas que vous étiez un habitué des Old Spanish Days.

Il sourit.

— Moi non plus. Jusqu'à ce que j'apprenne que vous y participiez…

— Notre rencontre n'est donc pas fortuite. Vous avez sans doute l'intention de me reparler de votre projet.

— Pas du tout, je suis venu pour vous, rien que pour vous.

— Pour moi ?

— Je n'invite pas la propriétaire et dirigeante du domaine de Sandlake Meadows, mais la belle et séduisante jeune femme que vous êtes.

— Je ne cherche pas à séduire.

Il sourit.

— Ne perdons pas de temps, je vous emmène.

— Ne restons-nous pas ici ? Le bar de l'hôtel est très bien, vous savez.

— Pas assez classe pour vous. Sans chercher à vous faire injure, je connais un endroit bien plus select. Vous m'en direz des nouvelles.

— Ma tenue n'est pas très sophistiquée. Je passe en principe mes soirées des Old Spanish Days dans ma chambre d'hôtel.

— Pas besoin d'être sophistiquée pour être belle. Je

vous préfère habillée ainsi que comme ce matin pour la parade équestre.

Il s'était arrêté et l'examinait des pieds à la tête d'un œil scrutateur.

— Vous êtes absolument superbe, je confirme.

Emily fut saisie par son compliment. Le deuxième de la soirée. Elle aurait été nue qu'il ne l'aurait pas regardée différemment. Pourtant, loin de la gêner, son regard lui faisait l'effet d'une caresse.

Une Porsche noir métallisé était garée devant le perron de l'hôtel. Le portier se précipita vers Mark.

— Voici votre clé, monsieur Callaghan. La voiture est décapotée comme vous me l'avez demandé.

Emily n'était jamais montée – ou plutôt descendue – dans une telle voiture. Le siège de cuir était placé très bas. Quand elle s'assit, sa robe lui remonta jusqu'en haut des cuisses. Elle la rabattit très vite mais pas assez pour priver Mark du spectacle. Au grand soulagement d'Emily, il joua néanmoins les indifférents, faisant celui qui n'avait rien vu.

La Porsche démarra en trombe dans un vrombissement assourdissant.

— Vous cherchez à m'impressionner ?

— Pardon ?

Le vacarme du moteur tout autant que le souffle du vent rendaient la conversation difficile.

Elle dut se pencher vers Mark pour se faire comprendre. Elle sentit l'effluve puissant de son eau de toilette.

— Je vous demandais si vous cherchiez à m'impressionner avec votre voiture ?

— C'est ma voiture de tous les jours, dit-il en criant presque. Si j'avais cherché à vous impressionner, j'aurais plutôt pris ma Rolls. Elle est confortable mais beaucoup moins rapide.

Ils étaient déjà sur l'autoroute où la voiture se mit à accélérer.

La vitesse, le vrombissement du moteur et le vent qui s'engouffrait dans ses cheveux grisaient Emily. Elle ferma les yeux, à l'écoute des sensations qui la parcouraient.

Elle ne se souvenait pas d'avoir déjà connu un tel moment de félicité physique. Elle avait l'impression que son corps ne pesait rien, qu'elle ne faisait qu'une avec l'air qui lui caressait les joues.

Elle tourna la tête vers Mark qui affichait un léger sourire aux lèvres. Chaque fois qu'elle le regardait, elle ressentait le même sentiment mêlé d'attirance et de crainte.

Le trajet fut de courte durée. Quittant la voie rapide, la voiture emprunta une petite route étroite qui grimpait à flanc de colline. En contrebas, on pouvait voir la mer qui jetait des reflets dans le soleil couchant.

La Porsche franchit la guérite d'une propriété et s'arrêta sur l'esplanade d'une villa.

Mark lança les clés à un voiturier en uniforme et entraîna Emily sur le côté de la villa.

Ils arrivèrent sur la terrasse d'un restaurant qui comptait une vingtaine de tables. Un maître d'hôtel en livrée blanche vint à leur rencontre. Il les conduisit à une table située un peu à l'écart, isolée des autres par une haie de tuyas.

La vue sur la baie de Santa Barbara était merveilleuse. La nuit était presque tombée mais, à l'horizon, le soleil jetait ses dernières lueurs orange et rouge.

— Alors, que pensez-vous de cet endroit ? demanda Mark.

— Magnifique. Je crois qu'il n'y a pas d'autre terme.

— Je ne vais pas y aller par quatre chemins, Emily : vous me plaisez.

Elle recula dans son fauteuil, le souffle court. Elle regarda Mark avec un mélange de curiosité et de crainte.

— Effectivement, vous y allez de but en blanc.

— Est-ce réciproque ?

— Vous voulez savoir si vous me plaisez ?

— Répondez.

— Un homme qui cherche à saccager mon héritage ne peut pas me plaire.

— Oubliez cela Emily, je vous en prie. Au moins pour ce soir. « Carpe diem ». Profitez de l'instant présent. Pensez que vous êtes ici dans l'un des plus beaux endroits qui existent sur terre et que vous allez savourer un délicieux repas.

Il se pencha alors au-dessus de la table et chuchota en articulant chaque syllabe :

— Et surtout, que je vous désire.

Emily sentit le rouge lui monter aux joues.

— Vous me désirez ?

— Oui… Tout comme vous, vous me désirez.

— Comment pouvez-vous le savoir ? Vous me connaissez à peine.

— Quitte à vous paraître arrogant, je sais très bien comment fonctionnent les femmes.

Il accompagna sa déclaration d'un sourire supérieur.

Emily n'en croyait pas ses oreilles.

Qui était-il pour prétendre connaître les désirs les plus intimes des femmes ?

Mark Callaghan était indubitablement l'homme le plus imbu de lui-même qu'elle ait jamais rencontré.

Il fallait qu'elle le lui dise.

Mais, juste au moment où elle allait répliquer, le maître d'hôtel se présenta pour prendre leur commande. Mark attendit qu'il s'éloigne :

— Je vois que je vous embarrasse. Ce n'est pas mon but. Savourons le moment qui nous est offert. Ce décor, cette table, les plats qui vont nous être servis… Et, puisque c'est votre passion, parlons pur-sang. Savez-vous qu'étant enfant j'ai appris à monter ? Je suis loin d'être un champion, mais je me débrouille très bien.

Emily était soulagée. La conversation prenait un tour léger. Mark avait l'habitude de ces dîners mondains où il est coutume de parler de tout, sauf des sujets qui fâchent.

Peu après, les premières assiettes arrivèrent. Le repas était exquis, les plats d'une inventivité extrême. Deux serveurs étaient dédiés à leur table, précédant leurs moindres demandes.

Alors qu'ils terminaient leur dessert, un sabayon aux fruits rouges, Mark revint à la charge :

— Tout à l'heure, je n'aurais pas dû vous demander si vous me désiriez, vous aussi. J'en ai la certitude. Je revois encore l'expression de votre visage quand je suis venu vers vous dans le jardin du gouverneur.

*Quelle arrogance, mais quelle arrogance !*

En son for intérieur, Emily essayait de se défendre des sentiments contradictoires qui la traversaient.

Il avait raison, pourtant.

Elle se souvenait de la première impression qu'il lui avait faite. De sa quasi-paralysie quand il l'avait regardée. De la brûlure qui lui avait saisi le ventre.

Il l'attirait irrésistiblement, elle ne pouvait le nier.

En même temps, il représentait un réel danger pour le domaine. Succomber à ses charmes, c'était faire entrer le loup dans la bergerie. Il la dévorerait.

— Vous ne répondez pas, lui fit remarquer Mark, que se passe-t-il ?

— Je me demande toujours pourquoi vous m'avez invitée.

— Je vous l'ai dit. Assez clairement, je crois. Je vous désire. Je souhaite vous faire l'amour.

Il avança le bras par-dessus la table et posa sa main sur le sienne.

Un frisson la parcourut.

Elle voulut retirer sa main. Impossible. Elle pesait une tonne. Mark n'exerçait pourtant aucune pression. Il lui suffisait de reculer le bras, rien n'était plus facile.

Mais elle se rendit compte qu'elle ne le voulait pas. Subjuguée.

Elle leva les yeux. Mark la scrutait avec intensité.

Le regard de Mark exprimait une détermination sans faille. Il n'attendait qu'une chose : qu'elle succombe à son charme.

Emily frissonna de nouveau.

— Vous avez froid, remarqua-t-il.

Elle voulut lui dire qu'au contraire elle avait chaud mais il s'était retourné pour faire signe à l'un des serveurs de s'approcher. Il lui chuchota quelque chose à l'oreille puis, aussitôt après, se leva, libérant enfin sa main.

— Je vous propose de prendre le café dans le salon de ma suite. Vous voulez bien ?

La prenant par le bras, il l'entraîna avec lui.

Mark n'avait pas laissé à Emily le temps de réfléchir. « Ma suite », avait-il dit.

Le suivre, c'était lui donner son acquiescement implicite pour une aventure sans lendemain. Elle n'était pas naïve, elle savait quelle idée Mark avait en l'emmenant dans son appartement.

Il était encore temps pour elle de faire machine arrière. De refuser de le suivre et de lui demander de la raccompagner à son hôtel.

Mais le désir qu'elle ressentait était trop fort, elle ne fit rien de tout cela.

Au contraire, elle serra sa main plus fort et se laissa guider sans résistance. Conquise.

À cet instant précis, elle sut que Mark serait l'homme auquel elle donnerait sa virginité.

À peine eut-il refermé la porte de la suite qu'il la prit par la taille et l'embrassa.

Le moment qu'elle désirait et redoutait à la fois arrivait.

Ses lèvres s'entrouvrirent. Il prit possession de sa bouche.

La sensation fut inouïe. Des frissons la parcoururent, elle était plongée dans un tourbillon d'émotions violentes. D'une main, Mark appuya sur ses reins pour plaquer son bassin contre le sien. Sa virilité était tendue à l'extrême. Il brûlait de désir.

De son autre main, il dénoua l'une après l'autre les bretelles de sa robe, qui tomba à ses pieds dans un bruissement sans qu'elle fasse mine de la retenir.

Mark lui caressait maintenant le bas du dos. Il le faisait avec une infinie douceur, sûr des effets qu'il provoquait.

Jamais Emily n'avait imaginé qu'une étreinte pouvait déclencher de telles sensations.

Et pourtant, ce n'était que le prélude.

Il détacha sa bouche de la sienne et commença à lui mordiller les seins, agaçant ses mamelons de coups de langue. Puis, après un temps infini, il s'agenouilla.

Il la débarrassa de sa culotte, le dernier rempart, et commença à couvrir son ventre d'une multitude de baisers.

Emily s'était arrêtée de respirer. Une onde de chaleur se répandait en elle.

Mark avait entrepris de prendre son intimité entre ses lèvres. Un éclair de volupté fit trembler la jeune femme au point qu'elle chancela.

— Mark, s'il te plaît, Mark ! chuchota-t-elle.

Sans tenir compte de sa protestation, celui-ci continuait de la titiller, alternant les sucions et les caresses.

C'en était trop pour Emily qui se mit à gémir. Elle avait pris la tête de Mark entre ses mains et l'accompagnait dans ses mouvements.

*C'est donc ça l'amour ! Que c'est bon !*

Elle n'en pouvait plus de désir. Elle tremblait de tous ses membres, incapable de se maîtriser. Elle peinait à retenir les petits cris qui s'échappaient de ses lèvres.

Alors qu'elle était sur le point de défaillir, Mark se releva. Sans lui laisser le temps de se reprendre, il la bascula entre ses bras et traversa la suite jusqu'à la chambre où il la déposa sur le lit.

Il se recula pour mieux la regarder.
— Nue, tu es encore plus belle.
Emily rougit.
— Ne me fais pas attendre, viens !

# 7.

Encore engourdie de sommeil, Emily se redressa et s'appuya contre la tête de lit.

Quelle heure était-il ?

Il faisait jour, de la lumière filtrait à travers les rideaux.

La chambre qu'elle découvrait avec ses fenêtres en saillie lui était inconnue. Une fraction de seconde, elle se demanda où elle se trouvait.

Puis elle se rappela.

La parade équestre, la Porsche, le dîner sur la terrasse… *Mark !*

Où était-il ? Elle ne l'avait pas entendu se lever. Elle se trouvait seule, perdue au centre de l'immense lit king size.

Le contact de sa peau lui manquait déjà.

Aurait-elle pu rêver meilleur partenaire que lui pour une première fois ? Probablement pas. S'il l'avait choquée la veille en lui disant qu'il savait comment fonctionnaient les femmes, elle devait reconnaître qu'il lui avait fait découvrir des plaisirs qu'elle ne soupçonnait pas.

Combien de fois lui avait-il fait perdre tout contrôle d'elle-même dans la nuit ? Combien de fois s'était-elle entendue crier de bonheur ?

Elle n'en avait pas fait le compte.

Tout ce qu'elle pouvait dire, c'était que Mark ne lui avait pas laissé beaucoup de repos.

En retour, elle s'était surprise elle-même en se montrant si réceptive. « Être deux, ne faire qu'un ». Elle ne se rappelait plus où elle avait lu cette maxime qui lui avait paru si bien correspondre à ce qu'ils avaient vécu la nuit précédente.

Bien sûr, Mark restait Mark. À aucun moment, il n'avait perdu son air de supériorité. Il était *l'homme*. Pas question de remettre en cause son statut. Il lui avait bien fait comprendre que c'était lui qui prenait les initiatives, lui qui donnait le tempo.

Néanmoins, tout aussi dominateur qu'il se soit montré, il lui avait fait l'amour avec une douceur extrême. Il lui avait semblé qu'il avait joué avec elle comme un musicien le fait avec son instrument, la choyant, attentif à ses moindres réactions.

« Bien sûr que je sais que tu es vierge, lui avait-il dit quand il l'avait rejointe dans le lit, n'aie pas peur, à aucun moment je ne te ferai le moindre mal. »

Il avait tenu parole.

Mieux encore, avec ses caresses, il l'avait mise dans un état d'excitation tel que c'est à peine si elle avait ressenti une légère douleur au moment où il était entré en elle.

Une seule chose perturbait Emily : avait-il bien veillé à mettre un préservatif à chacune de leurs étreintes ?

Tournant la tête, elle vit que la boîte était encore posée sur la table de nuit. Elle l'ouvrit. Il restait cinq sachets. Le compte était bon.

Elle chassa la contrariété de son esprit. S'inquiéter ne servait à rien. Elle ne poserait même pas la question à Mark, elle n'oserait pas.

Elle sortit du lit.

En la traversant, la chambre lui parut encore plus grande que le salon de Sandlake Meadows. Elle avait une forme ovale qui lui donnait un aspect tout à fait original.

La salle de bains semblait tout droit sortie d'un magazine de décoration. Il n'y avait pas de robinet apparent dans la douche, la force et la température de l'eau qui jaillissait des murs et du plafond se commandaient à l'aide de curseurs.

— Emily ?

Elle sursauta.

Mark était entré dans la salle de bains. Depuis combien de temps la regardait-il, cet irrésistible sourire en coin ?

Tournée vers le mur opposé à la porte, elle ne l'avait pas vu entrer.

Il était en tenue de running. Des gouttes de sueur perlaient le long de ses tempes. Ses pectoraux et ses abdominaux apparaissaient en relief sous le mince tissu de son T-shirt humide de transpiration.

Emily voulut actionner le curseur pour arrêter la douche.

— Ne coupe pas l'eau, j'arrive, lui dit Mark d'un ton impérieux.

— Mais…

Il était déjà nu.

À peine entré, il plaqua son bassin contre le sien, comme s'il avait voulu lui faire ressentir toute la vigueur de sa virilité.

— J'espère que tu as bien dormi…, murmura-t-il à son oreille d'un ton lascif.

Emily soupira d'aise. Sa peau avait le pouvoir de l'électriser. Elle sentit de nouveau la douce morsure du désir la saisir.

Il scella sa bouche à la sienne, tout en lui caressant les seins.

Emily sentit son impatience. Il la souleva par les fesses, plaquant son dos contre le carrelage. D'elle-même, elle vint à sa rencontre, nouant les jambes autour de sa taille.

— J'ai tant envie de toi, Emily, murmura-t-il.

Il avait commencé à aller et à venir en elle. Sans que ses mouvements aient rien de brutal, son rythme était rapide.

Emily se mit à gémir. Elle sentait le plaisir monter en elle par vagues lentes. Les yeux clos, à l'écoute des signaux que leur envoyaient leurs deux corps étroitement imbriqués.

Elle s'agrippait à son cou, tentant de s'accorder à la cadence qu'il lui imposait, de plus en plus rapide.

Le souffle court, elle ne tarda pas à se laisser emporter par la vigueur de son ardeur.

Il lui était désormais impossible de se maîtriser. Elle ne s'appartenait plus.

Sans s'en rendre compte, elle avait planté les ongles dans son dos. Comme s'il avait reçu un coup d'éperon, Mark accéléra encore le rythme qu'il donnait à leur étreinte.

C'en était trop pour elle. Elle sentit l'extase s'emparer d'elle et la submerger.

Prise de spasmes, elle cria. Elle avait perdu toute retenue. Elle tremblait. Sa peau hérissée de chair de poule était parcourue de frissons.

Il chercha ses lèvres et s'empara de sa bouche. Leurs langues s'emmêlèrent avec frénésie, décuplant leur extase.

Elle sentit alors Mark s'immobiliser, tous les muscles tendus à l'extrême. Poussant un gémissement rauque, il s'abandonna à son tour dans une explosion si violente qu'il en chancela.

*Oh mon Dieu, il n'a pas utilisé de préservatif !* songea Emily, subitement anxieuse alors qu'il la maintenait contre la paroi de la douche.

*Ce serait tout de même le comble de la malchance que la seule et unique fois où il donne libre cours à son plaisir, il me mette enceinte. Ce n'est pas possible,* se rassura-t-elle, chassant son angoisse aussi vite qu'elle lui était venue.

— Repose-moi, Mark. Je vais te savonner.

— Je préfère me laver moi-même, sinon tu vas encore me donner envie de toi, dit-il en souriant. Je ne demanderais pas mieux mais j'ai une matinée bien chargée qui m'at…

Juste à ce moment-là, la sonnerie d'un téléphone portable se fit entendre. Elle provenait de leur chambre.

— C'est mon père, je suis obligé de répondre.

— Ton père ? Comment le sais-tu ?

— La sonnerie. Chacun de mes principaux contacts a une mélodie différente.

Attrapant une serviette au vol, il traversa la salle de bains dont il referma la porte derrière lui.

Emily sortit à son tour de la douche. Ses vêtements étaient restés dans le dressing attenant à la chambre. Ne voulant pas déranger Mark en conversation avec son père, elle entreprit de se coiffer.

Cinq minutes à peine s'étaient écoulées que la porte se rouvrit.

— Rhabille-toi, lui dit Mark sèchement. Je t'ai commandé un taxi pour l'aéroport.

Elle le regarda, stupéfaite.

— Mais… mais, tu ne m'avais pas dit que tu me raccompagnais avec ton hélicoptère ?

— J'ai changé d'avis. Dépêche-toi, le taxi t'attend en bas.

Son ton n'appelait pas de réplique. Elle comprit qu'elle n'avait pas à discuter.

Mark était déjà revenu dans la douche, lui tournant ostensiblement le dos.

Comme si elle n'existait plus. Comme s'il l'avait rayée de son esprit.

Elle ne comprenait pas. Moins d'un quart d'heure plus tôt, elle et lui ne faisaient qu'un, poussant leur fusion charnelle jusqu'à l'extase et voilà que, sans raison aucune, il venait de changer radicalement d'attitude.

Que s'était-il passé ? Qu'avait-elle dit ? Qu'avait-elle fait ?

Elle attendait que Mark lui donne une explication.

Mais rien. Il restait obstinément muet.

D'un geste de la main, il lui fit comprendre qu'elle n'avait plus qu'une chose à faire : sortir.

Filant dans la chambre, la tête pleine de questions, elle se rhabilla.

Un employé de l'hôtel l'attendait au bas de l'ascenseur.

Il l'accompagna jusqu'au taxi. Il lui glissa que la course était réglée d'avance.

Emily se sentait humiliée comme elle ne l'avait jamais été. Elle croyait l'avoir enfin conquis mais non. La réalité était qu'il la considérait comme toutes les femmes qui défilaient dans son lit. Juste bonne à lui donner du plaisir.

Comme elle avait été naïve !

Jamais elle n'aurait dû faire confiance à cet homme. Elle s'était révélée une proie facile pour lui.

Elle pressentait qu'il lui faudrait du temps pour se remettre de sa mésaventure.

Mais c'était aussi une raison supplémentaire pour elle de se battre contre son projet pharaonique.

C'est alors qu'une question du chauffeur sur l'itinéraire à prendre la ramena à la réalité.

Sans nouvelles d'elle depuis la veille au soir, Josh devait s'inquiéter. Elle ralluma son téléphone pour le prévenir de son arrivée imminente à l'hôtel.

Elle s'aperçut alors qu'elle avait reçu un message vocal de Brett Eisenberg, l'avocat qu'elle avait mandaté pour sauvegarder les intérêts du domaine face à Callaghan.

« Bonjour Emily, disait celui-ci, une bonne nouvelle dans notre affaire : le juge Anderson a accepté d'entendre nos arguments. Nous sommes encore loin d'avoir gagné mais c'est un premier pas. Je suis à votre disposition pour d'autres informations. »

Une idée vint à Emily. Elle composa aussitôt le numéro de l'avocat.

— Dîtes-moi, Brett, la partie adverse a-t-elle été prévenue ?

— Oui, bien sûr, en même temps que moi.

Emily avait l'explication logique du brusque changement d'attitude de Mark.

Alors qu'ils étaient encore dans la douche, son père avait reçu un appel de leur avocat. Et avait aussitôt transmis l'information à son fils.

L'annonce l'avait rendu furieux.

Tout autre que lui aurait probablement insulté Emily mais Mark savait garder son sang-froid. Le silence était pour lui le meilleur moyen de manifester sa colère.

Quand, après s'être rasé, Mark revint dans la chambre, Emily était partie.

Elle lui avait obéi. Cela valait mieux. Il n'avait toujours pas décoléré.

Il n'avait pas pour habitude de prendre une communication lorsqu'il faisait l'amour, mais son père ne l'appelait que très rarement et jamais pour une futilité.

Celle-ci n'en était pas une.

Il lui avait appris qu'Emily avait tenu sa promesse : saisir la justice.

Mark l'avait sous-estimée en pensant qu'elle ne dépasserait pas le stade de la menace. À tort. À son très grand tort.

Il n'aurait pas dû se fier à son visage angélique et à sa sympathie naturelle.

À sa décharge, il fallait reconnaître qu'il n'avait guère l'habitude d'avoir des femmes pour interlocutrices. Encore moins quand elles étaient aussi attirantes qu'Emily Atkinson.

La veille au soir, pendant le dîner sur la terrasse, il s'était demandé s'il n'était pas en train de succomber à son charme. Elle avait tout pour lui plaire : intelligente, vive, décidée. Et ce qui ne gâchait rien, elle était la sensualité incarnée.

Lui faire l'amour avait été un vrai plaisir.

Malgré son manque total d'expérience, elle s'était montrée réceptive à ses caresses, pas du tout effarouchée. Encore moins timorée.

Lorsqu'il l'avait quittée le matin pour faire son jogging, elle dormait, couchée sur le ventre. Il l'avait doucement embrassée dans le cou mais elle ne s'était pas réveillée. Elle avait juste esquissé un sourire.

À ce moment précis, comment aurait-il pu penser qu'à peine une heure plus tard il la chasserait sans égards ? Elle, pas plus que quiconque, ne devait se mettre en travers de ses projets. Sinon, en en payant le prix.

En même temps, il sentait qu'il la regretterait. En la découvrant dans la salle de bains de retour de son jogging, il avait été saisi par l'érotisme qu'elle dégageait. La tête inclinée en arrière, le visage dressé vers les jets tombant du plafond, Emily n'était que sensualité. Comment ne pas craquer à la vue des deux adorables fossettes qui lui creusaient le bas des reins ? Comment ne pas fondre à la vue de ses hanches rondes qui faisaient ressortir par contraste la finesse de sa taille ? Et quand elle s'était retournée, à celle de ses seins hauts placés, à la forme parfaite ?

Pourquoi donc persistait-elle à se mettre en travers de son projet alors qu'elle savait maintenant qu'il avait eu l'aval de son père ?

En aucun cas la route qu'il prévoyait de construire ne défigurerait le domaine. Il était prévu de creuser légèrement le sol afin qu'elle apparaisse en contrebas des grandes prairies et de la border des deux côtés par une haie continue de photinias qui la dissimuleraient aux regards. Une dizaine de ponts en bois, plantés d'herbes et d'arbustes, l'enjamberaient à divers endroits, permettant aux pur-sang ainsi qu'aux animaux sauvages de circuler comme avant.

Il était donc faux, comme le prétendait Emily, que cette route signifierait à terme la faillite du domaine. Au contraire, l'aménagement d'une autre entrée au sud le rendrait plus accessible aux amateurs de courses ou de matchs de polo.

Justin Atkinson, le père d'Emily, ne s'y était pas trompé.

Quand il l'avait rencontré six mois plus tôt, Mark avait eu affaire à un homme ouvert, pas du tout le gros ours mal léché que certaines personnes lui avaient dépeint.

S'il le cachait à ses proches, Justin avait parfaitement conscience que le domaine perdait de l'argent et que, si rien n'était fait, la faillite le guettait.

La proposition que Mark lui avait faite était arrivée pile au bon moment. Une sorte d'éclaircie dans un ciel noir.

Bien sûr, la première discussion qu'ils avaient eue n'avait pas été facile. Personne n'aime se sentir contraint de prendre une décision lourde de conséquences. Encore moins le propriétaire d'un domaine créé plus d'un siècle auparavant.

Atkinson avait donc commencé par le prendre de haut, comme si Mark, venant de San Francisco, ne pouvait rien comprendre à ses activités.

« Ah, vous travaillez dans l'immobilier ? Vous avez le projet de construire une nouvelle ville ? Mais que connaissez-vous à l'élevage de pur-sang ?

— Pour être très franc, monsieur Atkinson, rien. Je compte sur vous pour tout m'apprendre.

— Tout vous apprendre : ah, ah, ah ! C'est impossible. Il faut toute une vie pour connaître les pur-sang.

— Mon ambition n'est pas d'en savoir autant que vous, monsieur Atkin…

— Appelez-moi Justin !

— Justin, j'ai simplement besoin de connaître vos besoins et ceux de vos pur-sang.

— Vous n'êtes pas bête sous vos airs un peu prétentieux, Mark. Vous me plaisez.

— C'est une bonne chose, Justin, car je crois que nous n'avons pas fini de discuter ensemble. »

C'est ainsi qu'avaient débuté ses relations avec Atkinson.

À l'époque, Mark ignorait totalement que celui-ci avait une fille qui faisait des études de vétérinaire à Seattle et plus encore qu'elle avait un sacré caractère.

Il n'y avait pas de raison, en réalité, pour qu'il le sache. Quand ils se rencontraient, c'était toujours en semaine et ni l'un ni l'autre ne parlait de sa vie privée. C'est à peine si, un jour, au détour d'une conversation, Justin avait mentionné qu'il était veuf.

Au début, ce dernier avait fait la sourde oreille aux

propositions de Mark. Il avait déclaré inconcevable la construction d'une route qui traverserait son domaine, « un point c'est tout, il n'y a pas à revenir là-dessus ».

Puis, Mark insistant à plusieurs reprises sans jamais se décourager, l'idée avait fait petit à petit son chemin.

Le décès accidentel de deux poulains promis à la vente avait accéléré les choses. Devant faire une croix sur la rentrée d'argent attendue, Justin avait été mis au pied du mur par sa banque : soit il vendait une parcelle de son domaine, soit il devait se déclarer en faillite.

Aucune de ces alternatives n'était envisageable pour lui.

C'est alors qu'il avait repensé à la proposition de Mark.

De toutes les possibilités offertes pour sauvegarder le domaine, celle-ci était la meilleure. Ou, plus exactement, la moins mauvaise.

Atkinson avait alors demandé à Mark de lui présenter un plan et des photos-maquettes afin de visualiser son projet. Il voulait être absolument sûr que la route ne gênerait en aucun cas les activités du domaine.

Le rendez-vous avait donc été pris le mois suivant.

Rendez-vous qui n'avait jamais eu lieu.

Car fixé au surlendemain de l'AVC de Justin.

Sur une toute autre personne que Mark, la nouvelle de l'accident, apprise le soir même par le pilote de l'hélicoptère, aurait eu un effet dévastateur. Six mois de travaux d'approche et de pourparlers pour rien, qui ne se serait pas découragé ?

Lui s'était contenté de maudire le ciel. Passé le premier choc qu'il avait reçu comme un direct dans le foie d'un boxeur, il s'était redressé et avait songé à la suite.

C'est en décrochant son téléphone et en appelant son avocat qu'il avait appris l'existence d'Emily. Aussitôt, il avait décidé de la contacter.

Il ne savait pas à ce moment-là qu'elle serait si jolie et

qu'elle le séduirait. Et encore moins qu'elle se dresserait devant lui pour s'opposer à ses projets.

Lui aurait-il fait l'amour la veille s'il avait su que leurs prochaines rencontres auraient lieu au tribunal, devant un juge ?

Même question pour elle. Sachant que leurs relations à venir seraient forcément conflictuelles, aurait-elle accepté de coucher avec lui ?

Mark pesta contre lui-même. L'introspection n'était pas son fort, voilà qu'il se posait trop de questions.

Il était avant tout un homme d'action dont la première qualité était la détermination.

Emily Atkinson voulait la guerre ? Eh bien, elle l'aurait. Il ne se déroberait pas.

Il gagnerait.

Tant pis si cela devait mettre un terme définitif à leur relation.

# 8.

— Vous vous sentez bien, mademoiselle Emily ? Vous êtes toute pâle.

— Oui, je ne sais pas ce qui se passe, Josh. Je me sens toute barbouillée.

— Un instant, je m'arrête...

Josh immobilisa l'imposante Land Rover sur le bas-côté.

— Descendez et faites une dizaine de pas en respirant à fond, ça ira mieux.

Emily ne comprenait pas ce qui lui arrivait. Elle s'était réveillée en pleine forme et, comme d'habitude, avait mené sa séance de gym avec entrain.

D'où venait cette nausée subite ?

Elle avait beau réfléchir, elle ne voyait pas ce qui pouvait l'expliquer. Elle n'avait rien mangé de particulier la veille au soir. Juste un chili con carne préparé par June et une part de tarte aux noix de pecan.

De toute façon, elle n'avait pas le temps de s'appesantir. Josh et elle avaient rendez-vous à Mariposa Bridge avec Samuel Jackson, l'architecte paysagiste qu'elle avait pressenti pour aménager le terrain de polo et le champ de courses.

Elle remonta dans la Land Rover.

— Vous allez mieux, mademoiselle Emily ?

— Oui Josh, merci. Marcher m'a fait du bien. Je ne comprends pas ce qui m'est arrivé.

— Moi je sais : vous travaillez trop, beaucoup trop.

C'est votre organisme qui vous avertit qu'il est temps de freiner. Combien d'heures dormez-vous par nuit ?

— Entre cinq et six heures.

— Ce n'est pas assez.

Emily sourit :

— Cela me suffit largement. Je suis jeune, Josh, moi… dit-elle d'un ton taquin.

— Oui, eh bien, vous verrez quand vous serez comme moi dans la cinquantaine et que tout le monde vous croira sexagénaire. C'est à ce moment-là que vous regretterez toutes vos heures de sommeil perdues.

— Les événements de ces derniers mois ne me donnent pas vraiment le choix, Josh. Je bénis mon père d'avoir souscrit une assurance-décès. Pour l'instant, c'est elle qui nous permet de faire vivre l'exploitation, mais il n'y a pas de temps à perdre pour entreprendre les travaux de transformation.

— J'admire votre énergie, mademoiselle Emily, mais écoutez un vieux de la vieille comme moi : économisez-vous.

Samuel Jackson, l'architecte, aurait pu faire carrière à Hollywood tellement il était beau, avec des dents aussi blanches que le T-shirt qui moulait son buste musclé. Elle le connaissait depuis le lycée où il avait essayé, sans succès, de l'ajouter à sa collection de conquêtes féminines.

— Bonjour Emily, comment va ? Quand le matin, en consultant mon agenda, je m'aperçois que j'ai rendez-vous avec toi, ma journée est tout ensoleillée.

— La flatterie, ça ne marche pas avec moi, Samuel, tu le sais. Et puis, tu es marié et père de deux adorables petites filles…

— J'ai tout de même le droit de te faire des compliments ! Entre. Mes collaborateurs et moi avons fait du bon travail. Nos projets devraient te plaire.

Ils se répartirent autour de la grande salle de réunion, face à un écran.

La lumière des plafonniers baissa d'intensité et des perspectives en 3D, aussi réalistes que de vraies photographies, se mirent à défiler sur l'écran.

Samuel avait raison de se montrer satisfait. Son projet collait parfaitement avec ce qu'Emily avait imaginé.

En revanche, le coût annoncé des travaux avait de quoi donner le vertige.

Juste au moment où elle se demandait comment elle allait trouver une telle somme, Emily sentit de nouveau son estomac remonter.

S'excusant d'un geste de la main, elle sortit de la salle et se précipita dans les toilettes, le cœur au bord des lèvres.

Elle resta un long moment devant le lavabo sans que rien se passe. Dans le miroir, la pâleur de son visage avait de quoi faire peur.

Fermant les yeux, elle entreprit de respirer profondément, espérant chasser ainsi son mal de cœur et faire baisser son rythme cardiaque.

Sa tactique fonctionna. Après une dizaine d'inspirations, son visage reprit des couleurs et elle se sentit de nouveau d'attaque.

Elle revint dans la salle où Samuel et Josh l'attendaient.

— Excusez-moi, j'ai un gros coup de fatigue. Josh a probablement raison, je manque de sommeil.

La discussion reprit où elle s'était arrêtée. Même si Samuel était prêt à faire des aménagements à son projet pour baisser les coûts, la facture resterait élevée.

La réunion se prolongea jusqu'au milieu de l'après-midi. À son grand soulagement, Emily ne ressentit plus aucun malaise.

— Vous croyez que nous allons pouvoir réussir à financer un tel projet ? lui demanda Josh, quand ils reprirent la Land Rover pour rentrer.

— Hum, ça va être difficile, mais les perspectives de gain sont importantes. Je suis sûre qu'il y a moyen de convaincre la banque de nous avancer l'argent.

— Elle risque de vous demander d'accepter la proposition de M. Callaghan.

— Ah ça, non, Josh, jamais !

— Pourtant, M. Justin, votre père, avait commencé à y réfléchir…

— Comment le savez-vous ?

— Il m'en a parlé.

— Et que vous a-t-il dit ? reprit Emily, la gorge serrée.

— Qu'il était en train de négocier avec un promoteur immobilier qui voulait faire passer une route à travers le domaine. Je n'en croyais pas mes oreilles. D'abord parce que je ne savais pas que la situation financière du domaine était à ce point catastrophique, ensuite parce que, connaissant votre père, je ne le savais pas prêt à faire des concessions.

— C'est le moins qu'on puisse dire. Et ?

— Il a ajouté que c'était la seule possibilité, sinon la banque entamerait une procédure de saisie.

Choquée, Emily mit quelques instants avant de répondre.

— Je tombe des nues, Josh. Pourquoi ne m'en a-t-il pas dit un mot, à moi, sa fille unique ?

— Il voulait vous protéger. Ne pas contrarier vos chances d'obtenir votre diplôme de vétérinaire. Il se doutait bien qu'une telle annonce vous bouleverserait.

— Sans aucun doute mais je suis sûre qu'à deux nous aurions trouvé une meilleure solution que la proposition de Callaghan pour sauver le domaine.

Tout à ses réflexions, elle se tut, regardant la route défiler devant le capot.

Enfin, elle reprit :

— Et Mark, que vous en a-t-il dit ?

— Que c'était un requin, comme tous les promoteurs

immobiliers. Qu'il fallait s'en méfier, d'autant plus que c'était un séducteur redoutable.

— Redoutable ?

— Oui, c'est le mot qu'il a employé. Mais à part ça, il le trouvait sympathique. En riant, il m'a dit qu'il vous le présenterait, si au bout d'un certain temps il était sûr qu'il ne présenterait aucun danger. Et qu'éventuellement vous feriez un beau couple.

— Mon père, il a dit cela ?

— Je vous assure.

La jeune femme était abasourdie. Elle croyait tout connaître de son père et voilà qu'elle allait de découverte en découverte.

À aucun moment, il ne l'avait informée de la situation financière du domaine et encore moins de ses tractations avec Mark.

Mais s'il l'avait fait, comment aurait-elle réagi ? Aurait-elle été d'accord avec lui pour négocier le passage d'une route qui allait défigurer la propriété ?

Rien n'était moins sûr. Comme aujourd'hui, elle aurait cherché une autre solution.

Josh la déposa devant le perron. Parvenue en haut des marches, elle se retourna pour embrasser le paysage du regard. *Magnifique*. Il n'y avait pas d'autre terme pour qualifier le panorama qui s'offrait à elle. Le soleil avait déjà entamé sa descente en direction des collines et la légère brume de chaleur qui les enveloppait se teintait de rouge.

Elle entra dans la cuisine pour saluer June qui, à cette heure-là, préparait le dîner.

— Alors, mademoiselle Emily, comment s'est passée votre journée ?

— Très bien, merci. Le projet que m'a présenté Samuel est stimulant et je suis emballée. Reste à trouver le financement, et ça, c'est une autre histoire.

Elle laissa passer un temps, admirant la dextérité de June pour couper des carottes en petites lamelles.

— Toute cette affaire me perturbe, poursuivit-elle. À tel point que ce matin, en allant à Mariposa Bridge, j'ai eu des nausées. Josh a été obligé de s'arrêter. Ça m'a passé ensuite, mais j'ai eu à nouveau des haut-le-cœur pendant la réunion avec Samuel. Je me suis demandé si, hier soir, vous aviez mis un ingrédient spécial dans le chili.

— Ah non, mademoiselle Emily, absolument rien. Ma recette est immuable depuis trente-deux ans.

— C'est tout de même bizarre que je me sois sentie mal.

June la regarda en souriant.

— À toute autre que vous, je demanderais si elle n'a pas laissé un garçon l'approcher de trop près. Mais bon, je sais que ce n'est pas une chose que vous permettriez.

— Je ne comprends pas…

La douce femme rit.

— Je m'en doutais. Les nausées, ça arrive souvent aux femmes quand elles sont en début de grossesse.

Emily sentit le sang refluer de son visage.

Elle se revit trois semaines en arrière quand elle avait suivi Mark dans la chambre d'hôtel et qu'ils avaient fait l'amour à plusieurs reprises. Les images se mirent à défiler à toute vitesse dans son cerveau. Elle se souvenait parfaitement qu'il avait pris soin d'enfiler un préservatif avant chaque rapport.

Ce ne pouvait donc être ça.

Sauf. Sauf…

La douche !

Elle revit la scène.

Mark sur le seuil de la salle de bains, Mark se débarrassant de sa tenue de jogging, Mark entrant dans la douche.

Et puis, l'étreinte.

Était-ce possible que ce soit ça ? La seule fois où il

n'avait pas mis de préservatif aurait-elle été la bonne ? Ou plutôt, la mauvaise ?

Elle chancela. Elle dut se retenir à la table pour ne pas perdre l'équilibre.

— Mademoiselle Emily, mademoiselle Emily !

Elle entendait la voix de June lui parvenir, mais c'étaient les images de la salle de bains qui défilaient devant ses yeux.

— Asseyez-vous. Je vais vous donner un verre d'eau. Josh a raison. Vous travaillez trop.

Emily revint petit à petit à la réalité.

— Tu as sans doute raison… Je vais monter dans ma chambre et me reposer.

— Je vais dire à Josh de vous accompagner. Il ne s'agit pas que vous tombiez dans l'escalier.

— Merci, mais ça va. Je me sens bien. C'était un simple étourdissement.

Pourvu que June l'ait inquiétée pour rien. Dès le lendemain, elle irait acheter un test de grossesse à la pharmacie pour en avoir le cœur net.

— Monsieur Callaghan, nous avons une demoiselle qui demande à vous voir à l'entrée. Elle n'a pas de rendez-vous. Je lui ai dit que vous étiez indisponible mais elle insiste. Elle dit que vous voudrez forcément la recevoir. Cela concerne le domaine de Sandlake Meadows.

*Tiens donc*, se dit Mark en faisant pivoter son fauteuil pour faire face à la baie vitrée.

Il avait vue sur la baie de San Francisco où, par cette belle journée d'été, naviguaient des centaines de bateaux de toutes tailles.

— S'agirait-il de Mlle Atkinson ?

— Oui, c'est bien elle. J'ai sa carte d'identité sous les yeux.

Le visage de Mark se fendit d'un large sourire. Si Emily venait jusqu'à lui, c'est qu'elle était prête à signer sa reddition. La partie était en passe d'être gagnée.

— Demandez à Janet de l'accompagner jusqu'à mon bureau.

— Entendu, monsieur Callaghan.

Il songea que cela faisait déjà cinq semaines qu'ils s'étaient quittés.

Pas de la meilleure façon. Il reconnaissait qu'il y était allé un peu fort en la congédiant aussi brusquement, sans une explication. Il faut dire qu'il s'était rarement senti autant en colère que ce matin-là...

Plusieurs fois, il avait pensé à la rappeler pour s'excuser, mais s'excuser n'était pas dans ses habitudes...

— Monsieur Callaghan ?

Il se retourna.

Emily était là. Janet fit un pas de côté pour la laisser passer.

— Merci Janet, vous pouvez nous laisser.

Il se leva et vint à la rencontre d'Emily.

Elle ne souriait pas. Mark sentit qu'elle était tendue.

— Bonjour, Emily. Je suis heureux que tu sois venue jusqu'à moi. Je ne pensais pas te revoir avant la semaine prochaine, au tribunal.

— J'ai préféré anticiper. J'ai une nouvelle à t'annoncer...

— Laisse-moi deviner... Tu es prête à revenir sur ta décision de m'attaquer en justice.

— Certainement pas. Il s'agit de bien autre chose.

Mark scruta son visage. Elle avait les traits tirés et il perçut comme de l'inquiétude dans son regard.

— Eh bien, entre, assieds-toi. Tu parais fatiguée. Veux-tu un café ? Un verre d'eau ?

— Non, je te remercie.

Elle prit place dans le fauteuil de cuir blanc. Elle portait une jupe en lin qui mettait ses longues jambes en valeur.

Elle s'éclaircit la gorge.

— En fait, je ne vais pas te faire perdre de ton temps qui, je le sais, est précieux, dit-elle, cinglante. Je suis enceinte.

Mark se figea sur place.

— Enceinte ? s'exclama-t-il. Toi ?

— Oui, moi. Cela te surprend ?

Abasourdi, Mark contourna son bureau et vint s'asseoir face à Emily.

— Je n'ai pas besoin de te dire que tu es le père ? poursuivit Emily.

— Non, tu n'en as pas besoin. Je suppose que cela remonte à notre dernière rencontre ?

— Le médecin a dit entre quatre et cinq semaines. Je ne lui ai pas confié que je connaissais précisément la date de conception.

— Bien sûr.

Mark avait posé ses avant-bras sur le bureau en joignant les mains, les doigts croisés.

Il réfléchissait. Dans son cerveau, les pensées fusaient à toute allure.

Après quelques secondes, il releva la tête, tout sourire.

— Eh bien, voilà une excellente nouvelle. Je suis ravi.

— Tu es ravi… Ravi d'être papa ? répondit Emily, l'air surpris.

— Absolument. C'est la meilleure nouvelle que tu puisses m'apprendre ! Tu en doutais ?

— Avoir un enfant risque de te changer la vie.

— Ce n'est pas un risque mais une chance !

— Tant mieux, je pensais que cela te contrarierait. Et que tu allais me renvoyer de la même manière que tu l'as fait à Santa Barbara.

— Cela n'a rien à voir. Ce matin, tu m'annonces une nouvelle d'espoir, porteuse d'avenir. Celle que j'ai eue à Santa Barbara était une déclaration de guerre.

— Une déclaration de guerre ? Je n'ai jamais voulu la guerre, Mark. Tout ce que je demande au contraire, c'est la paix. C'est toi et tes projets pharaoniques qui êtes venus la troubler.

— Nous n'allons pas reprendre cette discussion maintenant. Nous le ferons malheureusement la semaine prochaine au tribunal. Pour l'heure, je me réjouis que tu sois enceinte. Que tu sois bientôt mère. Et moi père. C'est formidable !

Il hésita, cherchant ses mots.

— J'espère que tu ne t'es pas posé la question de garder le bébé ou pas…

— Je me la suis posée, mais la réponse allait de soi.

— Le garder ?

— Le garder. Évidemment.

— Et… et si je t'avais dit que je n'en voulais pas ?

— Cela n'aurait rien changé.

Il se recula dans son fauteuil.

— Nous sommes donc sur la même longueur d'onde. Que veux-tu que je fasse pour t'aider ? Tu as besoin d'argent ?

Elle se leva, tirant sur le bas de sa jupe.

— Non. Ce n'est pas pour te soutirer de l'argent que je suis venue. Tout ce dont j'ai besoin, c'est que tu abandonnes ton projet de route à travers le domaine. Tu dois trouver une autre solution.

Mark se leva à son tour.

— Il n'y en a pas. Comme je te l'ai dit tout à l'heure, nous parlerons de ce sujet la semaine prochaine au tribunal. Pour l'heure, je me réjouis de l'annonce que tu m'as faite.

Il fit le tour du bureau et vint se planter devant elle.

— Emily, je regrette vraiment que nous nous retrouvions en position d'adversaires. J'aime ta façon d'être, j'aime ta façon de penser, j'aime…

Sa phrase resta en suspens, il ne savait pas comment la terminer.

Il venait de se rendre compte que les rôles s'étaient subitement inversés. C'était elle qui, désormais, avait l'ascendant sur lui, et cela ne manquait pas de le déstabiliser.

— Je garde un souvenir ébloui de la nuit que nous avons passée ensemble, dit enfin Mark. J'ai eu vraiment l'impression d'être en communion avec toi, de ne faire qu'un. C'était la première fois que j'éprouvais cette sensation en couchant avec une femme.

— Moi, c'était la première fois tout court et je n'ai donc pas de point de comparaison. Mais j'ai éprouvé un énorme plaisir. Heureuse de savoir qu'il était partagé.

Mark sourit.

— Tu as le sens de la repartie. Je crois décidément qu'il me sera difficile d'avoir le dernier mot avec toi.

Il prit ses deux mains et les porta à ses lèvres sans qu'Emily s'y oppose.

— Nous sommes de la même trempe, toi et moi. Si nous arrivons à dépasser nos divergences qui ne sont que matérielles, alors je pense qu'une belle histoire nous attend.

— Dois-je te croire ?

— Elle a déjà commencé avec ce bébé qui va arriver et qui est le nôtre. Notre œuvre commune.

Mark la scrutait intensément.

— Comme je te l'ai dit, cet enfant est une chance, poursuivit-il. Je suis heureux que tu en sois la mère.

Emily se recula, lâchant ses mains.

— Je ne sais pas encore si lui sera heureux de t'avoir pour père. Je l'espère. Il sera pour toujours ton enfant.

— *Notre* enfant.

— Au revoir, Mark, à bientôt.

Elle tourna les talons et quitta le bureau.

# 9.

Emily n'avait jamais vu une telle foule dans le centre commercial. Un jour de semaine, ce n'était pas normal. Qu'est-ce qui pouvait expliquer la présence de cette marée humaine ?

Les gens marchaient en rangs compacts, serrés les uns contre les autres, occupant toute la largeur de l'allée.

Mais, voyant Emily avancer à contre-sens, ils s'écartaient, comme si des gardes du corps invisibles les repoussaient de chaque côté pour lui frayer un passage.

Était-ce son ventre énorme qui lui valait ce traitement de faveur ? Pourtant, personne ne lui souriait, personne ne la regardait.

À chaque pas qu'elle faisait, elle avait l'impression de devenir plus lourde. Le ruban d'asphalte sur lequel elle marchait s'enfonçait sous ses pieds comme de la mousse. Puis, soudain, elle vit que le sol s'inclinait devant elle comme la glissière d'un toboggan. Elle sentit que ses pieds partaient vers l'avant. Elle tendit les deux bras pour se rattraper, mais il n'y avait rien pour se retenir.

Personne dans la foule qui l'entourait ne fit mine de lui tendre la main. Entraînée par son poids, elle glissait de plus en plus vite. Devant elle se dressait un mur hérissé de pierres pointues sur lequel elle allait se fracasser. Non ! Non !

Elle se réveilla.

Quel horrible cauchemar !

Elle se redressa contre la tête de lit, le cœur battant. Elle tâta son ventre du bout des doigts. Elle constata avec soulagement que sa taille n'avait quasiment pas bougé. Six semaines, ce n'était encore que le tout début de la grossesse.

Le réveil affichait 6 h 05. Trop tôt en principe pour se lever mais trop tard aussi pour se rendormir. Elle repoussa ses draps et fila dans la salle de bains prendre sa douche.

L'audience au tribunal était prévue dans l'après-midi. Pas d'heure précise fixée, le juge prenait les affaires dans un ordre aléatoire. Mais obligation était faite aux justiciables d'être présents à l'ouverture, dès 14 heures.

Josh lui avait proposé de lui servir de chauffeur une nouvelle fois, mais elle préférait affronter seule cette épreuve.

Emily songea que l'intendant du domaine ne ménageait pas sa peine depuis le décès de son père. Cet homme était une perle.

Elle ne savait pas encore quand et comment elle lui annoncerait sa grossesse. À lui comme à June et à l'ensemble des employés.

Beaucoup sans doute, sans oser lui dire, la désapprouveraient. À San Francisco ou à Los Angeles, une femme pouvait s'afficher enceinte sans être mariée mais, au fin fond de la Californie où les mentalités n'avaient pas beaucoup évolué, c'était moins bien admis. Tant pis. Elle ferait avec.

Le trajet jusqu'à Mariposa Bridge se révéla des plus tranquilles. Elle doubla peu de camions sur la route et la température clémente permettait de conduire sans clim. C'était une belle journée.

Une belle mais dure journée en perspective. Emily avait passé en revue les divers scénarios possibles. Elle espérait que ce serait le plus favorable pour le domaine qui l'emporterait et que Mark serait renvoyé à ses chères études.

Mais, au téléphone, Brett Eisenberg, l'avocat, lui avait dit au contraire d'imaginer le pire. Ainsi, si c'était celui-là qui avait la faveur du juge, elle serait préparée.

Justement, cela, elle ne le pouvait pas. La pensée de voir des pelleteuses et des excavatrices creuser les belles prairies du domaine lui était insupportable. Et encore plus, celle de Mark lui adressant un sourire mi-contrit mi-triomphant.

Jamais, au grand jamais, elle n'accepterait une telle décision.

Le tribunal de Mariposa Bridge siégeait dans une grande bâtisse blanche à laquelle un architecte mal inspiré avait voulu donner des allures de temple grec, avec des colonnades supportant un toit ouvragé.

Brett l'attendait dans la salle des pas perdus. Ils prirent place dans l'un des box spécialement aménagés pour préserver la confidentialité des échanges.

— Emily, cette première audience est faite uniquement pour éclairer le juge sur la nature du conflit. Seuls les avocats auront la parole. Il va écouter les arguments des deux parties puis prendre une décision intermédiaire.

— Intermédiaire, c'est-à-dire ? questionna-t-elle.

— Soit il décide que l'affaire mérite d'être débattue sur le fond, de manière approfondie. Dans ce cas, il fixera la date d'une nouvelle audience, soit il estime qu'il n'y a pas lieu de débattre et déboute la partie qui l'a saisi.

— Je ne comprends pas bien…

— En clair, l'arrêté du gouverneur aura force de loi et Callaghan Real Estate pourra commencer ses travaux.

— Ce n'est pas possible ! s'exclama Emily. Il n'y aura aucun moyen de s'y opposer ?

— Il restera alors la possibilité de faire appel mais, quatre-vingt-dix-neuf fois sur cent, le deuxième juge suit l'avis du premier.

Emily se sentait stressée comme jamais.

— Brett, j'ai entièrement confiance en vous. Faites en sorte de gagner cette première manche.

— Je ne vous cache pas que ce ne sera pas facile.

Ils entendirent à ce moment-là des éclats de voix dans

la salle des pas perdus. Aussitôt après, ils virent passer Callaghan escorté de quatre personnes.

Le cœur d'Emily fit une embardée.

— Il n'a pas pris les plus mauvais des avocats, dit Brett. Il va falloir que je me batte comme un lion pour l'emporter.

Emily le regarda, anxieuse.

— Ne me faites pas défaut, Brett. S'il vous plaît.

Elle n'avait pas terminé sa phrase qu'une sonnerie stridente retentit.

— Les audiences vont commencer, cria un appariteur en uniforme. Mesdames, messieurs, veuillez vous installer dans la salle.

À voir le nombre de personnes qui occupaient les travées, Emily se dit que le juge aurait son après-midi bien occupée.

La rapidité avec laquelle fut expédiée la première affaire de l'après-midi la rassura et l'effraya à la fois. Les avocats n'avaient guère disposé de plus de cinq minutes chacun pour s'exprimer.

Qu'en serait-il quand arriverait leur tour ? Emily était à chaque minute plus anxieuse.

Leur affaire fut appelée un peu plus d'une heure plus tard.

Son cœur fit de nouveau un bond dans sa poitrine en apercevant Mark traverser la salle pour s'installer à côté de son avocat, à moins de cinq mètres d'elle.

— Maître Eisenberg, vous avez la parole, fit le juge en retournant le sablier placé devant lui.

Brett pressa la main d'Emily.

— Tout va bien se passer, chuchota-t-il.

Puis, il se leva et commença à parler.

C'était la première fois qu'Emily entendait une plaidoirie dans l'enceinte d'un tribunal.

Il y avait de quoi être impressionné. Rien à voir avec les présentations qu'elle avait vues à la télévision ou au cinéma.

Brett présenta l'affaire sobrement, sans emphase. Les faits, rien que les faits, comme il avait dit à Emily.

Pendant qu'il parlait, le juge n'avait pas quitté l'air bougon qu'il affichait depuis le début des audiences, comme si écouter les avocats représentait pour lui un pensum.

En quittant la barre, Brett adressa un clin d'œil à Emily. Il semblait satisfait de sa prestation.

C'était maintenant au tour de l'avocat de Mark de parler. Emily fut surprise de son agressivité. Sans chercher à réfuter l'argumentation de Brett qui avait exposé très clairement les préjudices qu'entraînerait le projet de route, il s'attacha à présenter le refus d'Emily comme un pur caprice.

Puis, arrivant au terme des cinq minutes qui lui étaient octroyées, il conclut :

— Si Justin Atkinson, le père de mademoiselle, était encore de ce monde, nous ne serions pas devant vous, Votre Honneur. Il avait donné son accord verbal à M. Callaghan. Les travaux auraient donc déjà commencé.

Emily bouillait.

— Vous ne pouvez pas répliquer, Brett ? demanda-t-elle.

— Non Emily, c'est fini. Nous n'avons plus qu'à prier pour que la décision du juge soit en notre faveur. Nous aurons la réponse dans une semaine.

L'appariteur mit l'index devant sa bouche pour leur signifier de se taire.

Ils sortirent de la salle du tribunal.

— Emily ?

Elle tourna la tête.

Mark se tenait devant elle, l'air grave.

— Je peux te parler en privé ?

— Je ne crois pas que nous ayons quelque chose à nous dire.

— Si. Je souhaite revenir sur l'événement dont tu m'as touché un mot la dernière fois…

Il jeta un œil à Brett.

— Mais en privé.

— Brett, qu'en pensez-vous ? demanda Emily.

— Je ne vois pas d'inconvénient à ce que vous parliez avec M. Callaghan. Mais…

Il suspendit sa phrase :

— … à condition que vous vous engagiez à ne rien signer. Les paroles s'envolent, les écrits restent, vous le savez…

— Ne vous en faites pas.

Mark attendit que ce dernier s'éloigne.

— J'ai réfléchi à la nouvelle que tu m'as annoncée la dernière fois. Plus j'y pense, plus elle me comble de joie.

— Tu me vois ravie de l'apprendre.

— Je me suis dit qu'il n'était pas possible que nous nous considérions, toi et moi, comme des ennemis. Je sais que nous avons beaucoup de points communs. Nous sommes faits pour nous entendre.

— Peut-être, mais cela n'a pas été vraiment le cas jusqu'à présent. C'est bien pourquoi nous nous retrouvons dans ce tribunal aujourd'hui.

— Continuons cette conversation ailleurs. Puis-je t'emmener prendre un verre ?

Emily le regarda, étonnée.

— Tu veux prendre un verre avec celle qui, aux dires de ton avocat, cherche ta perte ?

— Elle est aussi celle qui porte mon enfant. C'est à elle que je m'adresse.

Emily laissa passer un silence. Elle hésita :

— À la rigueur, un thé. Mais, tout de même, auparavant, j'aimerais savoir de quoi tu veux me parler.

— De notre enfant à venir. Je vais non seulement le reconnaître mais je souhaite qu'il démarre dans la vie avec les meilleures chances possibles.

— C'est-à-dire ?

— J'aimerais qu'il soit élevé à San Francisco. C'est là que se trouve la vie.

— Hum… ça commence mal. Je pense au contraire

qu'il doit grandir au grand air, loin de la pollution, du bruit et de la folie de cette ville.

— Me tenir tête est décidément ton loisir préféré.

— Je peux dire la même chose de toi.

Il sourit.

— Allez, viens. Poursuivons notre conversation dans un endroit un peu plus convivial.

Au moment où, sortant du tribunal, ils commençaient à descendre le grand escalier, un énorme SUV noir vint se ranger le long du trottoir.

— La dernière folie que je me suis offerte, dit Mark en désignant la voiture, une Bentley Bentayga.

— Ça te change de ta Porsche.

— Ce n'est pas le même usage. Celle-ci me permet de travailler pendant mes trajets. J'y suis comme à mon bureau.

Un chauffeur, habillé d'un strict costume gris foncé, sortit de la voiture pour leur ouvrir la portière.

Emily regarda Mark.

— Ma voiture est sur le parking. Je vais te suivre.

— C'est plus simple que tu viennes avec moi. Je te reconduirai. N'aie crainte.

Matelassé de cuir bordeaux, l'intérieur de la Bentley avait tout d'un cocon douillet.

Une vitre épaisse les séparait du chauffeur.

— Où m'emmènes-tu ? lui demanda Emily.

— Je connais un Lounge Club avec vue sur le lac tout près d'ici. Idéal pour converser entre jeunes parents.

— Nous ne le sommes pas encore.

— C'est tout comme.

Il se pencha au-dessus de l'accoudoir qui séparait leurs fauteuils.

— Emily, faisons la paix.

— Il ne tient qu'à toi. Retire ton projet.

Mark leva les yeux au ciel.

— Le mieux est d'attendre la décision du juge. Parlons d'autre chose. Tu ne m'as pas dit : fille ou garçon ?

— Six semaines, c'est encore trop tôt pour le savoir. Tu ne sembles pas très au fait.

— Pas vraiment. Mais on peut commencer à faire des paris.

— En ce qui me concerne, je n'ai aucune préférence.

— Moi, je souhaite un garçon.

— On verra.

— On l'appellera Noah.

— Noah ? Pourquoi pas ? Mais ce n'est pas encore le moment d'en décider.

— On l'appellera Noah, insista-t-il, taquin. J'adore ce prénom…

— Tu es têtu.

— Pas plus que toi.

Ils tournèrent la tête au même moment l'un vers l'autre. Tous deux avaient le sourire.

Mark saisit la main d'Emily.

— Je suis persuadé que nous trouverons d'une manière ou d'une autre le moyen de résoudre notre conflit. Notre enfant ne doit pas y être mêlé.

Emily ne savait que penser. Disant cela, Mark avait l'air sincère. Mais elle savait aussi à quel point son projet urbanistique lui importait. « L'affaire de sa vie », lui avait-il dit. Allait-il y renoncer juste parce qu'il serait bientôt père ? Ou bien était-il en train de la manipuler pour parvenir à ses fins ?

Elle le regardait intensément, interrogeant son visage. Vu sous cet angle, il était « à tomber » pour reprendre l'expression favorite de son amie Alyson.

Comme lors de leur soirée à Santa Barbara, elle sentait ses défenses tomber une à une.

Aussi ne se déroba-t-elle pas quand Mark se pencha par-dessus l'accoudoir pour l'embrasser.

Sa raison avait beau lui dire qu'elle était en train de commettre une erreur, elle se sentait entraînée irrésistiblement vers lui.

Elle se rendit compte alors que la vitre qui les séparait du chauffeur était devenue totalement opaque.

Un frisson la parcourut quand Mark prit possession de sa bouche. Il passa la main derrière sa nuque pour l'attirer à lui et approfondir leur baiser. Elle ne chercha pas à résister, au contraire elle répondit avec passion.

Elle savait alors qu'elle allait atteindre le point de non-retour. Il était encore temps pour elle de dire non.

Encore eût-il fallu qu'elle le veuille.

Elle ne le voulait pas. Elle n'était que désir.

Elle laissa Mark défaire un à un les boutons de son chemisier.

Il agissait sans se presser, comme sûr des effets qu'il provoquait en elle.

Elle voulut tendre la main pour sentir si son désir était partagé mais il l'écarta en douceur, lui faisant comprendre que c'était lui qui menait la danse.

Après lui avoir ôté son chemisier et son soutien-gorge, il joua longtemps avec la pointe durcie de ses seins, tantôt les léchant, tantôt les mordillant. Cet art de l'amener jusqu'au seuil de la douleur pour décupler son plaisir tenait du sublime.

Pendant ce temps, la Bentley continuait de rouler. On entendait à peine les vibrations du moteur.

Emily avait peine à retenir ses gémissements. Ils avaient le don de stimuler Mark qui fit longtemps durer le plaisir. Puis, toujours sans la moindre hâte, il fit glisser sa jupe le long de ses jambes avant de lui ôter sa fine culotte de dentelle.

— Je te veux entièrement nue, lui chuchota-t-il à l'oreille. Tu es à moi.

Emily frissonna.

— Déshabille-toi. Moi aussi, je veux te voir nu.

— J'aime autant te donner du plaisir qu'en recevoir. La prochaine fois, c'est moi qui commencerai.

— C'est donc qu'il y aura une prochaine fois ?

Emily se sentit devenir soupçonneuse. Chaque chose en son temps.

Il la saisit par les hanches et, lui ouvrant les jambes, il appliqua sa bouche contre son clitoris.

Emily poussa un cri d'extase.

Comme dotée d'une vie propre, la langue de Mark se mit à lui prodiguer des caresses diaboliques.

Emily gémissait à présent. Haletante, elle s'entendait crier, perdue dans un torrent de sensations. Elle n'essayait plus de se maîtriser.

Elle agrippa Mark par les cheveux, le guidant pour l'amener là où elle le voulait.

Il procédait lentement, la rendant folle de désir. Jouant avec son sexe, il alternait caresses lentes et coups de langue rapides.

Soudain, l'orgasme la submergea. Elle se mit à trembler de tous ses membres. Lâchant Mark, elle écarta les deux bras et se cambra.

Elle resta longtemps immobile, le cœur battant. Les mains ouvertes à plat sous ses reins, Mark la soutenait pendant qu'elle reprenait sa respiration.

— C'était encore mieux qu'à Santa Barbara, réussit-elle enfin à articuler après un long moment. Tu es un amant extraordinaire.

Elle le regarda, les yeux encore brillants.

— Mais tu es toujours habillé, à mon tour de te rendre la pareille.

— Non, ce n'est pas nécessaire. T'avoir comblée me suffit.

Se mettant à genoux, Emily voulut défaire la ceinture de son pantalon. Il attrapa ses poignets et les écarta.

— Je t'ai dit non, ma belle. Je t'assure, c'était ton plaisir que je cherchais, pas le mien.

— Oui, mais sans le tien, le mien ne sera pas total.

— Nous aurons d'autres occasions. Tu es enceinte, je veux te préserver.

— Faire l'amour est très bon pour les femmes enceintes, je l'ai lu quelque part…

Mark sourit.

— Je te l'ai dit, nous aurons d'autres occasions.

Emily se sentait frustrée.

— J'aime autant donner du plaisir qu'en recevoir. Maintenant, je me sens redevable envers toi. C'est cela que tu cherchais ?

— Tu me prêtes de bien mauvais sentiments. Je sais faire la différence entre mes intérêts professionnels et ma vie privée. Je ne mélange pas les deux.

Il lui caressa la main, un léger sourire au coin des lèvres.

— Ce qui se passe entre nous est l'exception qui confirme la règle.

Emily fut prise d'un soupçon.

— Je me demande encore si tu n'es pas en train de me manipuler.

— Ne sois pas ridicule.

Pendant qu'ils parlaient, Emily avait remis ses vêtements un à un.

— Je n'avais pas prévu de rester à Mariposa Bridge après l'audience du tribunal. Je n'ai appelé personne au domaine pour prévenir que j'aurais du retard. Tu me permets de passer un coup de fil ?

— Je t'en prie. Je demande au chauffeur de nous reconduire jusqu'au parking.

Quelques instants plus tard, le SUV la déposa devant sa Land Rover.

— Quelle est la suite ? demanda Mark.

— La suite ? Eh bien, nous attendons la sentence du juge. Que pouvons-nous bien faire d'autre ?

— Nous pourrions nous revoir avant. Ne m'as-tu pas dit te sentir redevable ?

— J'ai beaucoup de travail au domaine, je crains que ce ne soit pas possible, dit-elle sur un ton précipité. Au revoir, Mark.

Au moment de monter dans sa voiture, elle se retourna et lui sourit.

— Merci pour la promenade. C'était très agréable.

# 10.

L'été était bel et bien terminé. Venant du désert californien, le vent de Santa Ana charriait une fine poussière qui piquait les yeux. Ce n'était pas bon pour les chevaux du domaine qui demandaient encore plus d'attention que d'habitude.

Emily avait rendez-vous chez Brett à Mariposa Bridge. De là, ils se rendraient ensemble au tribunal pour entendre la décision du juge dans l'affaire qui les concernait.

Emily entamait son cinquième mois de grossesse. Son ventre commençait à s'arrondir joliment.

Un mois plus tôt, elle s'était résolue à informer les employés du domaine de son nouvel état avant qu'ils ne s'en aperçoivent par eux-mêmes. Elle l'avait fait à l'occasion de l'anniversaire de Josh, le cinquante-cinquième, qui avait donné lieu à une petite fête dans le grand salon.

À son grand soulagement, personne ne semblait avoir été choqué par son annonce. Au contraire, elle avait lu beaucoup de bienveillance dans le regard de ses employés. June l'avait embrassée comme du bon pain et Josh, à qui pourtant elle avait volé la vedette ce soir-là, avait essuyé une larme en apprenant la nouvelle.

Mark avait tenté plusieurs fois de la joindre par téléphone mais elle n'avait pas répondu ni donné suite à ses messages.

Elle s'interrogeait sur la nature des sentiments qu'il paraissait éprouver pour elle. Était-ce un réel attachement, un début d'amour ? Ou jouait-il de son pouvoir de séduction pour la manipuler ? Emily lui avait posé la question de manière assez directe, mais il n'avait pas répondu.

De son côté, elle redoutait d'être déjà tombée amoureuse.

Il l'attirait, c'était indéniable.

Il avait du charisme, il était beau, c'était un amant merveilleux et il lui manquait. Or être amoureux, n'est-ce pas imaginer ne pas pouvoir vivre sans l'autre ?

N'était-ce pas déjà le cas ?

Sans arrêt, ses pensées revenaient vers lui.

Elle espérait par-dessus tout recevoir un mail dans lequel il lui annonçait avoir trouvé une autre solution pour son projet.

En vain. Sur les messages qu'il laissait sur son répondeur, il se bornait à dire combien la perspective d'être père le bouleversait.

Elle avait donc décidé d'attendre la décision du juge. Elle ne doutait pas un instant qu'elle gagnerait la première manche. Ce ne serait bien sûr pas suffisant mais au moins, elle donnerait à Brett l'opportunité d'exposer de long en large ses arguments, pièces à l'appui.

De plus, elle lui permettrait de prendre l'ascendant sur Mark qui ressentirait cette décision, même provisoire, comme une défaite.

Elle regarda sa montre. Il était l'heure pour elle de se préparer.

Pendant ce temps, Mark roulait au volant de sa Porsche Carrera S, la deuxième de sa collection. Elle avait à peine six mois, elle sentait encore le neuf. Il adorait l'odeur du cuir fraîchement ciré.

Il avait pensé un moment y aller en hélicoptère. À peine une demi-heure lui aurait suffi pour se rendre à Mariposa Bridge. Finalement, il avait préféré prendre sa voiture. Il s'était dit qu'il mettrait à profit pour réfléchir les trois heures qu'il y passerait seul à bord.

Et des sujets de réflexion, il n'en manquait pas.

Ce bébé tout d'abord.

Événement totalement inattendu. Quand Emily lui avait annoncé être enceinte, il lui avait fallu plusieurs secondes pour réaliser. Sa maîtrise de lui-même perfectionnée au fil des années lui avait permis de cacher son émotion, mais il s'était senti submergé de bonheur.

Dans un deuxième temps, sa joie avait été ternie par un fort sentiment de culpabilité. Jamais il n'aurait dû faire l'amour à Emily sans mettre de préservatif. Le désir irrépressible qui l'avait saisi quand il l'avait vue nue sous la douche lui avait fait oublier les précautions les plus élémentaires. Il était inexcusable.

Pourtant, la jeune femme ne semblait pas lui en faire grief. Elle ne lui avait fait aucun reproche dans ce sens. Elle lui avait juste demandé s'il reconnaissait implicitement être le père de son enfant à naître.

Puis elle lui avait fait comprendre que, même si elle voulait qu'il abandonne son projet de route, le bébé ne représenterait pas pour elle un moyen de pression. Elle ne s'en servirait pas pour peser dans le litige qui les opposait.

Dans l'univers qui était le sien, l'immobilier, Mark n'avait guère l'habitude de rencontrer des personnes aussi droites et humaines. La vie était un combat et, pour le gagner, beaucoup ne s'embarrassaient pas de scrupules.

Lui, le premier.

Il se rendait compte que rencontrer Emily avait été pour lui une chance. Leurs premiers échanges ne s'étaient certes pas déroulés de la meilleure manière possible, mais la suite avait été beaucoup plus encourageante.

Il avait rarement éprouvé autant de plaisir à faire l'amour à une femme. Tout aussi novice qu'elle fût, Emily se montrait plus que réceptive à ses caresses. Dans ce domaine au moins, ils étaient tous deux sur la même longueur d'onde.

Elle était la première aussi qui lui faisait ressentir un état de manque quand il ne la revoyait pas durant plusieurs jours.

Étrange.

S'attacher à une femme n'était pas dans ses habitudes. Pourtant, il se surprenait à songer à elle plus que de raison.

Il repensait ainsi à l'épisode de la Bentley. Il n'avait pas du tout prémédité la scène qui s'y était déroulée. Elle n'en avait été que plus érotique.

Il avait été comblé de voir Emily perdre toute retenue sous ses caresses. Il lui semblait qu'à chaque fois il parvenait à lui faire gravir un nouveau degré sur l'échelle de la jouissance.

Dommage qu'elle se soit sentie frustrée quand il avait refusé qu'elle lui rende la pareille.

Elle l'avait soupçonné de vouloir la manipuler.

Ce n'était pas le cas. Il était sincère.

Le respect qu'il avait pour son état de femme, qui plus est enceinte, lui avait tout simplement interdit de prendre son propre plaisir. Peut-être aurait-il dû le lui dire.

Pour l'heure, il n'arrivait pas à nommer le sentiment qu'il éprouvait pour elle et qui, jusqu'à cette rencontre, lui était inconnu.

Tout ce qu'il savait, c'est qu'il lui tardait de la revoir.

— Mesdames et messieurs, le juge Lamberton. Veuillez vous lever ! tonna l'appariteur d'une voix forte.

Emily se tourna vers son avocat.

— Brett, j'ai le trac !

— Pas d'inquiétude, la décision nous sera favorable.

— Vous en êtes sûr ?

— Absolument. Combien de fois devrai-je vous le répéter ?

Le juge fit son entrée dans la salle, suivi d'une greffière qui portait deux énormes classeurs sous le bras.

— Vous pouvez vous asseoir.

Le rendu des décisions du juge put alors commencer.

Comme la première fois, les affaires étaient appelées dans un ordre aléatoire.

La salle où ils se trouvaient était plus petite que celle de la première audience. Il y avait aussi beaucoup moins de monde. La plupart des justiciables ne s'étaient pas déplacés. Ils laissaient à leurs avocats le soin de les appeler pour leur annoncer la décision du juge.

Emily et Mark avaient tenu à être présents. Même s'ils ne se l'avouaient pas à eux-mêmes, cette séance au tribunal leur donnait l'occasion de se revoir.

Et de se reparler.

Mais ils n'en étaient pas là. Ils s'étaient contentés de se saluer de la tête en entrant dans la salle du tribunal, c'était tout.

Emily se demandait comment Mark allait accueillir la décision défavorable qui allait lui être annoncée. De son côté, Mark songeait déjà aux manières les plus appropriées pour consoler la jeune femme.

— Affaire Atkinson contre Callaghan ! dit l'appariteur dans le micro après trois quarts d'heure d'attente.

Brett et l'avocat de Mark s'approchèrent à la barre.

Le juge Lamberton avait l'air tout aussi bougon que la première fois. Ce devait être son attitude habituelle.

Il prit le dossier que lui tendait sa greffière et l'ouvrit. Il parcourut le jugement qu'il avait devant les yeux, marmonna quelques instants puis s'éclaircit la voix :

— Après avoir considéré qu'il est effectivement dommage de faire passer une route à travers un domaine séculaire, j'ai estimé en mon âme et conscience que le projet présenté par le défendeur était d'utilité publique. Mlle Atkinson est donc déboutée de sa demande.

— Mais, Votre Honneur..., tenta de dire Brett.

— Affaire suivante. Maître Eisenberg, vous savez très bien que mes décisions n'ont pas à être discutées. Si vous n'êtes pas d'accord, vous avez toujours la possibilité de faire appel.

Brett se retourna vers Emily, blanc comme un linge.

Dans un premier temps, Emily parut ne pas comprendre. Puis, voyant son changement de physionomie, elle pâlit à son tour.

Elle sentit comme une chape de glace tomber sur elle et l'envelopper.

— Brett, je veux faire appel, dit-elle d'une voix à peine audible. Ne désespérez pas.

— Je ne désespère pas, Emily, mais comme je vous l'ai dit, il n'y a quasiment…

— Silence ! cria l'appariteur.

Ils sortirent de la salle, Brett soutenant Emily d'un bras ferme.

Arrivée sur le perron, elle frissonna. Le vent qui soufflait sur la place du tribunal était chargé d'humidité.

— Je ne sais quoi vous dire, dit Brett. Je suis effondré. Cette décision me paraît un déni de justice.

— Que va-t-il se passer maintenant ?

— L'appel n'est pas suspensif. Callaghan pourra commencer ses travaux dès la publication officielle de la décision. Au plus tard, dans une semaine. C'est une catastrophe.

— Non, ce n'est pas une catastrophe !

Emily sentit son cœur faire une embardée.

Elle se retourna. C'était Mark. Avec le bruit du vent, elle ne l'avait pas entendu arriver.

— Monsieur Callaghan, je ne veux parler en lieu et place de Mlle Atkinson, dit Brett avec force, mais je pense qu'à ce moment précis le mieux serait que vous disparaissiez de sa vue.

— De ma vue et aussi de ma vie, asséna Emily. Va-t'en.

Mark s'avança, prêt à la riposte.

— Non, je ne m'en irai pas. Je pense au contraire que le moment est propice pour parler de ce que je veux faire dans ta propriété. Tu n'as jamais pris la peine de te plonger dans le dossier que j'avais remis à ton père. Lui l'a fait. Et c'est après en avoir pris connaissance qu'il a donné son accord.

— Ne faites pas parler les morts, monsieur Callaghan, dit Brett.

— Vous, taisez-vous. Dans cette affaire, vous avez été de très mauvais conseil pour Emily. La preuve, vous avez perdu.

— Je ne vous permets pas ! s'exclama l'avocat, outré.

— Si, je me permets, maître Eisenberg. Vous non plus, vous n'avez pas examiné le dossier que j'avais remis à M. Atkinson. Sinon, nous ne nous serions jamais retrouvés dans ce tribunal.

— J'ai lu ce dossier, monsieur Callaghan. Et je me suis également renseigné auprès de confrères qui se sont opposés à vous dans d'autres affaires. Voulez-vous que je vous dise comment ils vous ont surnommé ?

— Arrêtez, il ne sert à rien de discuter, intervint Emily. Dis-moi ce que tu veux, Mark. Je me sens très fatiguée, tout ce que je veux maintenant, c'est rentrer chez moi.

— Je veux te parler en privé.

— Encore ! ironisa Brett. C'est une manie chez vous. Cela ne lui a guère porté chance jusqu'à présent.

— Taisez-vous ! cria Emily. Je n'en peux plus.

Elle avait hurlé si fort que tout le monde, sur les marches comme sur le parvis, se retourna.

Mark et Brett se figèrent, stupéfaits.

— Emi…

— Tais-toi !

Elle était la colère incarnée. Avec ses poings serrés, elle avait pris inconsciemment l'attitude de la boxeuse qui vient défier son adversaire avant le combat.

Incrédule, Mark la regarda comme s'il la voyait pour la première fois. Où était la douce et docile jeune femme qu'il avait choyée dans ses bras toute une nuit quelques semaines auparavant ?

Alors qu'elle fixait Mark avec intensité, elle se pétrifia soudain. Elle battit des paupières et ses yeux se révulsèrent. Elle resta ainsi immobile l'espace de trois ou quatre secondes puis elle s'affaissa sur elle-même comme une poupée de chiffon.

Dans un réflexe extraordinaire, Mark se précipita et la retint, évitant que sa tête heurte le sol.

— Emily !

La jeune femme était toute pâle. Tout son sang avait reflué de son visage.

— Eisenberg, appelez une ambulance. Vite.

— Mais est-ce qu'il ne faudr…

— Appelez !

Ce n'était pas une demande mais un ordre. Brett obéit, composant le numéro d'urgence sur son téléphone.

— L'ambulance sera là d'ici six à sept minutes, dit-il après un bref échange.

— Très bien. Donnez-moi votre veste.

— Mais…

— Arrêtez de discuter. Votre veste.

Eisenberg s'exécuta. Aussitôt, Mark la roula en boule et la glissa sous la nuque d'Emily. À son tour, il enleva sa veste et en recouvrit son buste.

Il lui tapota les joues, espérant la faire revenir à elle. Aucune réaction.

— Vous la connaissez bien ? demanda-t-il à Brett.

— Pas vraiment. Comme un avocat connaît son client, c'est-à-dire pas beaucoup.

— Vous ne savez donc pas si elle est sujette à des évanouissements.

— Non, pas du tout.

Autour d'eux, un attroupement avait commencé à se former.

— Il faut lui relever les jambes, lança un homme d'une soixantaine d'années.

— Non, au contraire, elle doit garder les jambes à plat, répliqua un deuxième.

Mark se releva d'un bond.

— Partez ! Je ne veux voir personne à moins de dix mètres.

Voyant son air furieux, les curieux s'écartèrent. Seule une dame habillée d'un tailleur à carreaux s'approcha et s'agenouilla auprès d'Emily.

— Je suis médecin, laissez-moi faire.

Elle saisit le poignet de la jeune femme pour prendre son pouls.

— Son cœur bat normalement et rien dans son visage ne dénote une quelconque souffrance. Vous avez appelé les urgences ?

— Oui.

— Mon diagnostic sera à confirmer mais je pense qu'il s'agit d'un simple malaise. Elle a eu une contrariété ?

— Oh que oui, fit Brett. On peut le dire.

— Rien d'autre ?

— Si, dit Mark, elle est enceinte.

Fixant la médecin, il ne prêtait pas attention à Brett qui demanda dans son dos :

— Comment le savez-vous ?

Mark l'ignora.

— Elle vient d'entrer dans son cinquième mois.

— Eh bien, je crois que l'explication est là, dit la médecin. Il s'agit probablement d'un malaise vagal. Ça, plus la contrariété dont vous parliez... Ce cocktail entraîne relativement souvent ce genre de réaction chez les femmes enceintes.

— Ce n'est pas grave ?

— D'après mon expérience, non. Cette jeune femme va vite se remettre. Mais elle me semble très fatiguée, en revanche. Le meilleur remède pour qu'elle se remette sur pieds, c'est le repos.

Ils entendirent à ce moment-là le hurlement caractéristique d'une sirène d'ambulance.

— Bien, vous allez vite savoir si mon diagnostic est bon.

Deux hommes en blanc jaillirent de l'arrière de l'ambulance suivi d'un troisième, habillé d'une blouse bleue.

Ils n'eurent pas à chercher pour savoir vers où se diriger. Avec une simultanéité parfaite, tous les curieux leur désignèrent le haut du parvis.

Les deux ambulanciers se précipitèrent, grimpant les marches quatre à quatre.

— Écartez-vous, dirent-ils en arrivant près d'Emily.

— Je suis médecin, répéta la femme. Allez-y en douceur.

— Nous savons ce que nous avons à faire, docteur. Merci de votre aide mais, à partir de maintenant, c'est le médecin des urgences qui prend les décisions.

L'homme en bleu venait d'arriver.

— Bonjour, je suis le Dr Joyce. Je prends le relais.

— Son cœur bat à moins de soixante-dix pulsations minute, dit la femme médecin en se relevant. Je n'ai pas mon tensiomètre mais il me semble que sa tension est normale.

— Vous avez une idée de la cause de son évanouissement ?

— Probablement un malaise vagal dû au stress et au fait qu'elle est enceinte de cinq mois.

— Nous allons vérifier cela. Merci de votre aide !

Il regarda Mark.

— Vous êtes le mari ?

— Non, juste un ami.

— Plus qu'une connaissance, intervint Brett. Ce monsieur est sans doute la cause indirecte du malaise de ma cliente.

— Nous verrons cela plus tard, dit l'homme en bleu. Pour l'heure, nous l'emmenons à l'hôpital.

— Je viens avec vous, dit Mark, dont l'inquiétude se lisait sur son visage.

— Non, ce n'est pas possible. Mais rien ne vous interdit de nous rejoindre à l'hôpital.

Emily rouvrit les yeux, visiblement surprise de découvrir tous ces visages penchés au-dessus d'elle.

— Que se passe-t-il ?

Elle voulut se redresser.

— Ne bougez pas, mademoiselle, dit l'un des ambulanciers d'une voix douce. Restez calme, lui demanda-t-il d'une voix douce.

— Je veux rentrer chez moi…

— Il n'en est pas question, fit le médecin. Nous allons vous examiner. Allongez-vous sur ce brancard, nous vous emmenons à l'hôpital.

Mark prit la main d'Emily.

— Tu as fait un malaise, mais ce n'est pas grave. Tu vas vite te remettre, ne t'en fais pas.

— Et… et mon bébé ? répondit-elle avec angoisse.

— Ne vous inquiétez pas, intervint le médecin. Il ne risque rien, a priori.

Mark suivit à distance l'ambulance qui était repartie toute sirène hurlante.

Arrivé à l'hôpital, il prit place dans la salle d'attente, plus anxieux qu'il ne voulait bien le dire.

On lui permit une heure après d'aller voir Emily.

La jeune femme sourit en le voyant entrer dans la chambre.

— Je suis tellement désolé…, commença-t-il en s'approchant du lit.

— Tout va bien, Mark, rassure-toi. Il faut simplement que je me repose. Je vais rester ici cette nuit.

— Et que t'ont-ils dit, pour notre enfant ?

— D'après eux, c'est un malaise sans conséquence. Aucune séquelle à craindre, ni pour le bébé ni pour moi. Un mauvais souvenir, c'est tout.

— Tu me rassures. Je vais demander à ce que l'on mette un lit de camp. Je vais passer la nuit ici.

— Non, je préfère être seule. Ce malaise est une alerte pour moi, je veux y réfléchir. Je suis contente que tu sois venu mais tu dois me laisser.

La gorge nouée, Mark lui saisit la main.

— Il n'en est pas question. Tout cela est de ma faute, je veux rester avec toi.

— Très bien, mais je suis incapable d'avoir une conversation. J'ai une terrible envie de dormir.

Elle ferma les yeux et s'assoupit, sous le regard attendri de Mark.

Peu après, deux infirmiers apportèrent un lit d'appoint qu'ils disposèrent à côté de celui d'Emily.

S'étendant sur la couverture, Mark lui reprit la main et, après l'avoir longuement regardée, s'endormit à son tour.

# 11.

Près de six mois avaient passé. L'épisode du malaise vagal était totalement oublié.

À peine Mark l'avait-il reconduite au domaine le matin qui avait suivi, qu'elle avait aussitôt repris ses activités habituelles.

C'est ainsi que, moins de trois semaines avant la date prévue de l'accouchement, elle n'avait pas décommandé le rendez-vous qu'elle avait donné à Samuel, son architecte et ancien ami du lycée.

— Ta voiture n'est pas adaptée aux chemins que nous allons emprunter, lui dit-elle quand il était arrivé au volant d'un superbe cabriolet jaune vif. Je t'emmène dans mon 4x4.

— Tu conduis encore ? Dans ton état, ce n'est pas du tout conseillé !

— Pas conseillé par qui, Samuel ? Ce n'est pas parce que je suis enceinte que je dois cesser toute activité. Le domaine a besoin de moi… et vice versa.

Emily avait prévu de l'emmener à l'endroit où elle projetait d'aménager le terrain de polo.

— Excuse-moi, Mily, mais je crois me rappeler que la route qui traverse la prairie est à la limite du carrossable. Crois-tu que tous ces cahots soient bons pour une femme à quelques jours d'accoucher ?

— Des cahots ? Tu sens des cahots ? Moi pas.

Emily sourit à Samuel. Tous deux se connaissaient depuis

longtemps et ce n'était pas à lui qu'elle apprendrait qu'elle changeait difficilement d'avis.

— Voilà, c'est ici, dit Emily une dizaine de minutes plus tard. Qu'en penses-tu ? C'est bien dégagé. L'aplanissement devrait être facile et peu coûteux.

Emily embrassa du regard la prairie, semblable à un décor de western.

Une prairie immense, un peu caillouteuse, bordée de chaque côté par des bosquets et, dans le lointain, la silhouette sombre de la sierra Nevada aux sommets enneigés.

— Effectivement, le terrain est assez plat. Mais tu te rappelles qu'il y a tout à faire et que ça demande beaucoup de dollars ?

— Inutile. Je sais que cela va me coûter une fortune mais si, avec ton aide, je présente bien le dossier, la banque devrait suivre, déclara-t-elle, les yeux pleins d'espoir.

Elle désigna un bosquet.

— La tribune pour les spectateurs sera là, juste devant les arbres. Exposée plein nord, pour qu'ils n'aient pas le soleil de face.

— Quelle capacité ?

— Je n'ai pas trop réfléchi. Cinq cents places, six cents ? Ça te paraît trop ?

Emily avait arrêté la Land Rover. Déjà, elle imaginait à quoi ressemblerait le terrain de polo.

— Sais-tu que Walt Disney avait créé une équipe ? dit-elle à brûle-pourpoint.

— Disney ? Ah non, je ne le savais pas.

— Beaucoup d'autres célébri…

Elle arrêta net sa phrase, tendant l'oreille.

Le bruit caractéristique d'un hélicoptère en phase d'approche.

Son cœur fit une embardée. Elle ne connaissait qu'un seul hélicoptère susceptible de venir au domaine : celui de Mark.

Elle sortit sa paire de jumelles de la boîte à gants.

C'était bien l'hélicoptère de Mark, floqué au nom de sa société, Callaghan Real Estate. Elle le vit disparaître derrière les collines. Sans doute pour atterrir au même endroit que la première fois, près du manoir.

— On va se cacher dans la forêt ou on attend qu'il vienne jusqu'ici ? demanda-t-elle.

— Sérieusement, Emily ? C'est à toi de répondre. Tu as envie de le revoir ou pas ? Tu m'as bien dit que c'était le père de ton bébé ?

— Je veux bien revoir le père de mon bébé mais pas le promoteur qui veut défigurer mon domaine, episode asséna-t-elle, butée.

— Quel dilemme, ma pauvre Emily !

— Ne plaisante pas, je n'ai pas le cœur à rire.

Emily n'avait pas revu Mark depuis le matin où il l'avait raccompagnée. Une éternité.

Il lui avait envoyé plusieurs mails et laissé quantité de SMS et de messages vocaux sur son répondeur sans jamais qu'elle y réponde.

Brett s'était chargé de lui dire qu'il en serait ainsi tant que leur affaire ne serait pas réglée.

Une sorte de chantage.

Chantage qui avait fonctionné en partie.

L'avocat de Mark avait appelé Brett pour lui dire que s'il interjetait appel, rien ne serait entrepris avant le jugement définitif.

C'était élégant de sa part mais cela ne résolvait en rien le litige. Pour Emily, la seule issue possible était l'abandon du projet, elle n'en démordait pas.

Était-ce cela que venait lui annoncer Mark en volant jusqu'à elle ?

Samuel et elle n'eurent pas à attendre longtemps avant que l'hélicoptère fasse de nouveau entendre le vrombissement de son moteur.

Sans instructions pour l'éconduire, June avait dû indiquer à Mark l'endroit approximatif où Samuel et elle se trouvaient.

Ils virent ainsi l'hélicoptère arriver au-dessus de leurs têtes. Il s'immobilisa quelques instants en vol stationnaire, à la recherche d'un endroit pour se poser.

Le souffle généré par les pales de l'appareil était d'une puissance phénoménale. Ils durent se retourner pour ne pas être aveuglés.

L'hélicoptère entama alors sa descente et vint atterrir à une trentaine de mètres de leur Land Rover. C'était un homme en combinaison orange qui pilotait, Mark assis à son côté.

Ce dernier sortit du cockpit, un sac en bandoulière. S'avançant à moitié courbé, il s'approcha d'Emily.

Il lui dit quelque chose qu'elle ne saisit pas tant le bruit était assourdissant.

— JE.. QUOI… BUR…

Au moment où Emily lui faisait signe qu'elle ne comprenait rien, les pales de l'appareil diminuèrent de vitesse et le bruit du moteur s'arrêta.

— Bonjour, Emily. Comment vas-tu ? commença Mark, le sourire aux lèvres.

— Je vais bien, merci… Mais je ne m'attendais pas à te voir ici et maintenant. Les arrivées fracassantes en hélicoptère sont donc ta marque de fabrique ? lança Emily d'un ton tranchant.

— Je voulais te dire que la situation ne peut plus durer ainsi.

— Quelle situation ?

— Le fait que tu ne veuilles plus me parler alors que notre enfant va bientôt naître.

— Tu sais pourquoi j'agis ainsi.

— C'est toujours à cause de mon projet ?

— À ton avis ?

— Je ne peux pas y renoncer.

— Eh bien, n'y renonce pas.

Samuel assistait à la scène, l'air médusé.

— Qui êtes-vous ? lui demanda Mark.

— Samuel Jackson, l'architecte en charge de la transformation du domaine.

— Vous pouvez nous laisser un instant, Emily et moi ?

— Hm... je veux bien mais, voyez-vous, je ne sais pas très bien où aller. Ma voiture doit être à cinq-six kilomètres d'ici et je ne suis pas équipé pour marcher.

— Prends la Land, intervint Emily. Je demanderai à Josh de venir me chercher.

Samuel regarda tour à tour Emily et Mark. Il hésita. Il se posait visiblement des questions.

— Je peux te laisser ? Tu es sûre ?

— Oui, vas-y. Mark a apparemment des choses importantes à me dire en privé.

Hochant la tête d'un air pas franchement convaincu, Samuel démarra la Land Rover qui s'éloigna.

— Tu m'as dit que la situation ne pouvait plus durer, dit Emily une fois qu'il se fut éloigné, mais encore ?

— Je voudrais absolument te montrer le projet tel que je l'ai modifié après nos discussions. Tu verras, il ne défigurera en rien ton domaine.

— C'est ton argument depuis le début. Il n'a rien de nouveau pour moi.

— Si, je t'assure. Mon équipe a réalisé un film qui présente le projet en réalité augmentée. Après l'avoir vu, tu n'auras plus aucune réticence, je t'assure. Vraiment !

Quelques instants passèrent dans le silence. Emily hésitait, tiraillée entre ces retrouvailles et sa décision de protéger son héritage.

*Après tout, si ce n'est qu'un banal film de présentation, ça ne m'engage à rien...*

Elle s'approcha donc précautionneusement de Mark et acquiesça d'un signe de tête.

— Je suis sûr que tu vas être convaincue. Regarde.

Il ouvrit le sac qu'il portait en bandoulière et en sortit une tablette informatique.

Il la tourna vers elle, puis appuya sur l'écran pour lancer la vidéo.

Dans un premier temps, Emily pensa voir un documentaire d'une chaîne de télévision tant les images étaient belles. Elles avaient été prises par un drone au lever du jour, au moment où le ciel s'irise de bleu et de rouge.

Au début, le paysage était filmé de très haut. Emily reconnut cependant la silhouette caractéristique du manoir avec ses tourelles et son belvédère. Le manoir de Sandlake Meadow. *Son* manoir.

Le drone entama ensuite une longue descente jusqu'à filmer à quelques centimètres du toit. Puis, reprenant de la hauteur, il fit le tour du manoir et repartit au-dessus de la prairie. À son approche, certains chevaux s'affolaient, partant dans tous les sens, alors que d'autres, au contraire, ne lui accordaient pas plus d'attention qu'à une mouche.

Emily essayait de se souvenir si, un matin, elle avait été réveillée par un bruit ressemblant à celui que faisait un drone. Mais non.

Après un survol de la prairie, le drone revint vers les écuries où les palefreniers brossaient des pur-sang.

— Étonnant, non ? fit Mark. Continue à regarder, ce n'est pas fini.

En effet, l'engin s'attarda près d'un cheval et son cavalier qui s'entraînaient dans l'un des manèges, puis gagna un terrain de golf où des joueurs s'exerçaient à lancer des balles.

Emily n'en revenait pas. Par quel prodige l'auteur de la vidéo avait-il réussi à représenter une partie de golf sur un terrain qui n'existait pas, à l'intérieur de son domaine ? Tous les détails semblaient vrais, depuis la forme et la densité des arbres qui entouraient le parcours jusqu'à la silhouette des montagnes de la sierra Nevada.

Elle n'était pas au bout de ses surprises.

De nouveau, le drone s'éloignait, accélérant sa course au-dessus des prairies, puis il se stabilisa au-dessus d'un hippodrome.

Mark avait-il la capacité de lire dans ses pensées ? L'hippodrome que le drone filmait était exactement celui qu'elle imaginait et que, quelques minutes plus tôt, elle décrivait à Samuel.

Mark arrêta alors la vidéo et se tourna vers Emily. Il sourit en découvrant son air stupéfait.

— Le reste ne va pas beaucoup t'intéresser. On voit la ville que je projette de construire, ça dure longtemps.

— Comment es-tu arrivé à faire une telle vidéo ? On dirait que tout ce qui a été filmé existe.

— Ah ah, top secret. Je ne te dirai rien sinon que je travaille avec un cador des effets spéciaux à Hollywood, un de mes amis d'enfance. Sinon, tu n'as rien remarqué de spécial ?

— Si, l'hippodrome, le terrain de…

— Non, je ne parle pas de ça. Quelque chose qui te tient à cœur. Ou plutôt que tu ne veux surtout pas voir… comme une route, par exemple.

— Une route ? Il n'y avait pas de route sur la vidéo.

— Si, je t'assure. Une route qui traverse ce domaine, ton domaine.

— Je suis assez observatrice. Je l'aurais vue.

— Bien. Je te propose un replay.

En deux temps trois clics, il relança la vidéo.

— Regarde. Dis-moi si tu remarques quelque chose qui n'existerait pas dans la réalité. Je ne parle ni de l'hippodrome ni du golf.

Emily scruta l'écran avec attention.

— Je ne sais pas. Il y a ici et là des détails qui clochent. Par exemple, là, il n'y a pas de barrière. Il y a aussi des bosquets d'arbres qui ne sont pas tout à fait les mêmes. Là, dans la réalité, ce ne sont pas des chênes mais des tilleuls.

Elle continuait à regarder les images qui défilaient.

— Oui, et puis là, je n'y avais pas prêté attention, il n'y a pas d'arbres, juste des herbes hautes.

— Tu brûles !

— Je brûle ?

Mark fit un arrêt sur image.

— Regarde bien.

— On dirait que tes graphistes ont joué avec un pinceau vert pour tracer une rivière.

— La route.

— La route ?

— Oui, la route que je veux aménager passe là. Sous une voûte arborée.

— Je ne comp…

Emily suspendit sa phrase.

C'est alors que Mark la vit se figer sur place, comme soudain transformée en statue.

Elle lâcha la tablette qui tomba à ses pieds.

— Mais qu'est-ce qui te prend ? fit Mark en esquissant le geste de se pencher pour la ramasser. C'est fra…

Regardant Emily, il s'aperçut que quelque chose d'extraordinaire était en train de se passer.

— Je suis en train de perdre les eaux, Mark ! Oh ! mon Dieu ! J'ai une contraction !

Mark blêmit.

— Tu as une contraction ? Mais… mais… !

Il prit Emily par le bras.

— C'est qu'il n'y a pas une seconde à perdre ! Je te conduis à la maternité. C'est le même hôpital où je t'ai conduite lors de ton malaise vagal ?

— Non, je voulais accoucher à la clinique St Andrew.

— St Andrew ? Je sais qu'il y a une piste pour les hélicoptères.

— C'est une première contraction, nous avons le temps. Josh va me conduire.

— Non, il n'y a pas une minute à perdre. Ce que je veux, c'est te conduire le plus vite possible pour que tout se passe bien pour toi et pour le bébé. Avec l'hélicoptère, dans vingt minutes, tu seras dans la salle d'accouchement. Viens !

Il la prit par la main et la conduisit jusqu'à l'appareil où, aidé par l'homme en combinaison orange, il l'installa avec douceur en travers des sièges arrière.

Moins d'un quart d'heure plus tard, l'appareil se posait sur le toit de la clinique St Andrew où, prévenus par Mark pendant le vol, deux brancardiers les attendaient avec un fauteuil roulant. Ils transportèrent aussitôt Emily dans la salle de travail.

— Tu veux rester avec moi ? demanda-t-elle timidement alors que deux infirmières la préparaient et installaient le monitoring.

— Bien sûr, je suis le père, j'aimerais couper le cordon de Noah.

— Noah ? D'abord, ce n'est pas sûr que ce soit un garçon qui arrive et ensuite, si c'est un garçon, je n'ai pas dit que j'étais d'accord pour l'appeler Noah… Aïe, arrête de parler, j'ai une contraction.

— Bien sûr que si. Un, c'est un garçon, et deux, il s'appellera Noah, c'est un si joli prénom.

— À condition que ce soit un garçon, je me répète…

— Monsieur, intervint l'anesthésiste, vous pourrez assister à l'accouchement, néanmoins ce serait mieux que vous sortiez le temps que je lui administre la péridurale. Une infirmière viendra vous prévenir quand tout sera en place. Merci.

Mark comprit qu'il n'avait pas à discuter. Il se pencha

pour déposer un baiser sur le front d'Emily et, à regret, sortit de la salle de travail.

Il n'eut pas à attendre longtemps. Une infirmière vint le rechercher moins de dix minutes plus tard.

— Tout va bien se passer, dit-elle en voyant l'air angoissé de Mark.

— L'accouchement n'était prévu que dans trois semaines. Cette avance ne risque pas d'avoir des conséquences ?

— Non, non, aucune, le bébé est parfaitement formé, ne vous inquiétez pas.

La sage-femme, une grande femme blonde énergique à l'air avenant, était arrivée, prête à intervenir.

— C'est vous le père ? Avec des parents aussi beaux, votre bébé devrait être magnifique. J'ai regardé vos échographies avant de venir, je peux déjà vous dire si c'est une fille ou un garçon.

— Non, dit Emily avec force. Je veux que nous le découvrions par nous-mêmes.

La sage-femme sourit.

— Comme vous voudrez, madame. Allez, c'est à vous de travailler maintenant.

Noah était né.

Noah, car c'était bien un garçon, Mark avait été exaucé.

Noah, donc, était un joli bébé qui affichait près de trois kilos sur la balance et mesurait cinquante-cinq centimètres.

Il se reposait de l'accouchement, dormant dans le landau placé près d'Emily. Mark le regardait avec ravissement, se demandant si tout ceci était bien réel.

Lui, le dur, le fort, l'impassible, se sentait ému comme il ne l'avait jamais été.

Il s'émerveillait de voir ce petit être aux mains minuscules et à la peau toute rose.

— Tu ne trouves pas qu'il te ressemble ? demanda Emily.

— Pardon ?

— Je trouve qu'il te ressemble.

— Tu crois ?

— Oui, puisque je te le dis, reprit-elle, souriante.

— C'est merveilleux, ce qu'il nous arrive. Je crois que je ne réalise pas tout à fait.

Il leva la tête vers Emily.

— Tu sais, je suis vraiment heureux de t'avoir rencontrée.

— Que se passe-t-il ? Tu verses dans le sentimentalisme ? lui demanda-t-elle d'un air taquin.

— Ne te moque pas, s'il te plaît. Ce bébé, c'est un vrai cadeau pour nous.

— Reste à savoir si nous le méritons.

— Pourquoi me dis-tu cela ?

Parce que nous ne l'avons pas réellement programmé.

— Qu'importe. Il est né d'un vrai acte d'amour.

— Amour ? Tu as dit amour ?

Mark sourit.

— J'ai bien prononcé ce mot.

Il se pencha vers elle.

— Me crois-tu ?

Emily le regarda, les yeux brillants.

— Je le voudrais tant !

— C'est vrai. Je t'aime.

Le cœur d'Emily se gonfla d'émotion. Ces mots, elle avait tant espéré les entendre. Pourquoi fallait-il que Mark ait attendu si longtemps ?

Il posa ses lèvres sur les siennes.

— Aujourd'hui, je suis le plus heureux des hommes et j'ai bien l'intention de le rester. Et toi ?

— Moi ?

— Tu m'aimes ?

Juste à ce moment-là, il sentit son téléphone vibrer dans la poche de son pantalon. Il le sortit, jetant un œil à l'écran.

— Excuse-moi, je dois répondre.

Il sortit précipitamment dans le couloir, disparaissant de la vue d'Emily.

Il revint à peine deux minutes plus tard, contrarié.

— Je ne sais pas si je suis maudit ou si c'est toi qui es bénie mais l'incroyable est arrivé.

— Quoi donc ?

— Le juge Evert a démenti son collègue. Ce n'était jamais arrivé dans ce tribunal. Il y aura bien un procès sur le fond. Tu pourras féliciter Brett Eisenberg, ton avocat, qui a bien travaillé. Moi, je viens d'annoncer au mien que je le virais.

# 12.

Noah venait de se rendormir.

Après lui avoir donné le sein et l'avoir cajolé un long moment, Emily l'avait reposé dans son berceau.

Elle le regardait, attendrie. Qu'il était beau ! Ses traits étaient fins et sa peau paraissait d'autant plus blanche que ses sourcils étaient noir foncé.

Mark et elle n'avaient pas échappé au traditionnel jeu de déterminer auquel des deux Noah ressemblait le plus. Ils n'étaient pas d'accord entre eux mais, sur ce sujet, cela n'avait aucune importance. Noah avait des traits parfaits, c'était tout ce qui comptait.

Emily revint dans sa chambre, certaine désormais qu'il dormirait jusqu'au petit matin.

Elle avait l'habitude depuis toute petite de ne fermer ni les volets ni les rideaux. La lumière de la lune, basse dans le ciel, éclairait la pièce comme en plein jour, projetant ses rayons blancs sur le lit et le mur du fond.

Mark dormait profondément. Il avait rejeté les draps loin de lui. Il était entièrement nu. Emily s'arrêta. Elle n'avait pas tant d'occasions d'admirer son corps d'athlète aux muscles sculptés. À chacune de ses expirations, ses abdominaux se dessinaient sur son plexus.

Le voir ainsi lui donna envie de se blottir contre lui. Quand elle était dans ses bras, elle se sentait invulnérable.

Il avait tenu à revenir avec elle au manoir après la naissance de Noah. Il avait transformé le petit salon en bureau où il avait transporté ses ordinateurs portables et apporté ses principaux dossiers.

Emily savait bien sûr que la situation était provisoire, que les activités de Mark nécessitaient sa présence à San Francisco. En attendant, elle savourait chaque instant où il était là, chaque moment où il la prenait dans ses bras et la câlinait.

Ils n'avaient pas refait l'amour depuis la naissance de Noah. À la maternité, la sage-femme avait conseillé à Emily d'attendre un bon mois.

Cela ne les empêchait pas d'entretenir leur désir en s'étreignant avec tendresse.

Le simple contact de la peau de Mark avec la sienne avait la faculté d'électriser Emily. Elle se sentait toute chose quand il faisait courir ses mains sur son corps pour la caresser.

Comment comprendre autrement le magnétisme qu'il exerçait sur elle alors que leurs caractères étaient si différents ? Il était comme un bulldozer qui trace son chemin sans se préoccuper des dégâts qu'il peut causer.

Dans le litige qui les avait opposés – mais aussi réunis –, elle avait voulu avoir le dessus. Au final pourtant, c'était elle qui avait cédé.

Le jour même de son retour au domaine avec Noah, elle avait en effet prévenu Brett qu'elle se désistait de son action en justice.

Elle avait revu la présentation vidéo que Mark était en train de lui commenter avant qu'elle ressente les premières contractions.

Et avait fini par admettre qu'elle pouvait accepter sa nouvelle proposition sans se trahir. La route serait quasiment invisible et suffisamment éloignée du manoir pour qu'aucun bruit ne soit perceptible.

La contrepartie financière qui lui était promise était

importante et lui permettrait de lancer ses premiers projets de rénovation du domaine.

Mark se tourna sur le côté. De ses années d'université où il avait pratiqué le football américain, il avait gardé des épaules de gladiateur.

Emily vint s'allonger dans le lit et se rapprocha de lui. Il battit des paupières quand il la sentit se blottir contre lui.

— Hum… C'est toi ?

Sa question fit sourire Emily.

— Ah non, pas du tout !

Surpris, il rouvrit les yeux tout à fait.

— Mais oui, c'est toi !

Il glissa son bras sous ses épaules pour la serrer contre lui.

— Noah s'est réveillé ?

— Oui, il avait faim.

— Tu lui as donné le sein ?

— Pour l'instant, il ne boit que mon lait, tu le sais bien.

Ils se sourirent.

Mark approcha ses lèvres des siennes et, doucement, glissa le bout de sa langue entre ses dents.

Aussitôt, Emily sentit des frissons la parcourir. Ce simple geste avait la faculté de la mettre en émoi.

Leur baiser se fit plus profond, plus passionné.

Il eut de l'effet sur Mark, qui bientôt pressa sa virilité contre sa hanche, lui faisant ainsi ressentir toute la force de son désir.

— Tu as vu dans quel état tu me mets ? lui chuchota-t-il à l'oreille.

— Je peux te dire la même chose.

— Je ne veux pas risquer de te faire mal.

— Rien n'interdit les caresses.

— C'est vrai. Alors, je vais te caresser.

— Non, c'est moi.

— Tu vois, même dans un lit, nous ne sommes pas d'accord !

— C'est vrai. Je décide donc que c'est moi qui vais commencer.

— Non c'est moi !

— Alors, tous les deux, ensemble.

— Comme ça, il n'y aura ni gagnant ni perdant.

Avec une simultanéité parfaite, ils commencèrent à se caresser l'un l'autre.

Leurs gestes se firent d'abord timides et doux, puis s'accélérèrent petit à petit. Les gémissements de plaisir d'Emily se mêlaient aux halètements de Mark.

Loin de se limiter à leurs seuls sexes, ils exploraient les moindres recoins de leurs corps respectifs. Leurs langues et leurs mains ne se laissaient aucun répit, leurs caresses se faisaient de plus en plus osées.

Emily se mit à gémir de plus belle, elle était prise dans un torrent de sensations. C'était incroyable comme cet homme, en jouant de ses seuls doigts et de sa bouche, pouvait enflammer ses sens.

Elle essaya de résister le plus longtemps possible à la vague de plaisir qui la submergeait, mais il arriva un moment où ce ne fut plus possible. Alors, elle se laissa emporter par l'orgasme, définitivement vaincue.

Quand elle rouvrit les yeux, Mark était penché sur elle. Il la regardait avec tendresse, un léger sourire aux lèvres.

— Quel bonheur… merci Mark !

— On dit que la maternité cause parfois une baisse de libido. Je suis ravi de voir que ce n'est pas ton cas !

— Non, en effet ! Ah, c'était si bon !

— Tu veux que je recommence ?

— Oh non, je suis morte de fatigue. J'ai l'impression d'avoir couru un marathon !

— Alors, je vais te laisser dormir. Moi, je dois me lever. Je dois être sur le chantier à 6 heures.

— Tu reviens après ?

— Non, désolé. Je dois retourner à San Francisco. Toute

une série de réunions m'attend. Comme ça va se terminer tard, je rentrerai dormir chez moi. Il y a des chances que je le fasse demain soir aussi.

— Oh non, tu vas me quitter ! Deux jours sans toi, c'est trop !

— Eh bien, viens demain après-midi à mon bureau avec Noah. Ça te fera une sortie et une occasion de présenter notre fils au personnel de la société. Les employés sont très impatients de le voir. En même temps, tu signeras les papiers pour conclure définitivement notre accord. Cela fera d'une pierre deux coups.

— Entendu. Viens m'embrasser avant de partir. Même si je dors, murmura Emily en le dévorant des yeux.

— Comme si tu avais besoin de me le demander ! fit Mark, tout sourire, en l'embrassant tendrement.

En sortant de l'ascenseur avec Noah dans son kangourou de toile, Emily se sentit encore plus intimidée que la première fois qu'elle était venue chez Callaghan Real Estate.

Tous les murs étaient transparents, sans aucun tableau ni aucune affiche pour arrêter le regard. Chacun pouvait la voir s'avancer d'un pas mal assuré vers l'accueil.

La réceptionniste avait bonne mémoire, elle reconnut Emily. Son visage s'éclaira d'un large sourire.

— Mademoiselle Atkinson ? Oh ! vous êtes venue avec votre bébé. Je peux le voir ?

Elle se pencha par-dessus son comptoir.

— Qu'il est mignon !

Elle mit une telle conviction dans son exclamation que, dans les bureaux voisins, plusieurs têtes se tournèrent dans leur direction.

— Mark nous avait bien dit que vous aviez un très beau bébé. C'est vrai ! Je le préviens tout de suite que vous êtes arrivée.

— Pas la peine, j'ai entendu tes petits cris extasiés, Ariel. Emily peut venir, elle sait où est mon bureau.

En parcourant la trentaine de mètres qui la séparaient du bureau de Mark, Emily sentit tous les regards se poser sur elle. Ce ne devait pas être courant de voir un bébé au siège de Callaghan Real Estate.

— Emily !

Mark l'attendait le sourire aux lèvres.

*Qu'il est beau*, songea Emily. Si l'amour, c'était de trouver l'autre encore plus beau d'une fois à l'autre, alors elle était vraiment amoureuse.

En même temps, elle restait sur ses gardes. Depuis la conversation qu'elle avait eue avec Brett la veille au soir, elle savait que l'entretien qu'elle se préparait à avoir avec Mark risquait de mal se passer.

Après avoir déposé un rapide baiser sur ses lèvres, celui-ci se pencha vers Noah qui dormait paisiblement, à poings fermés.

— Il est vraiment à croquer. Nous pouvons être fiers de nous, nous l'avons bien réussi, dit-il en riant.

Il se redressa et se recula pour la regarder.

— Tu es plus belle que jamais.

— Tu me flattes mais ce n'est sûrement pas vrai, répondit-elle en rougissant légèrement.

— Que tu es plus belle que jamais ? Si, je maintiens. Viens, asseyons-nous.

Il entraîna Emily vers le coin salon délimité par quatre fauteuils de cuir. Ils s'assirent face à face.

— Je te sens tendue. Que se passe-t-il ?

— Je voulais te reparler de notre affaire.

— La route ?

— Noah mis à part, c'est la seule chose qui me préoccupe, avec le domaine, tu le sais.

— Je ne comprends pas. Nous nous sommes mis d'accord.

— D'après Brett que j'ai eu au téléphone ce matin, tu

aurais changé certains éléments de notre accord. Pourquoi ne m'en as-tu pas parlé ?

— Mais enfin Emily, la naissance de Noah remonte à peine à dix jours. Ce n'était pas la priorité du moment.

Un cri perçant l'interrompit. Noah venait de se réveiller.

— Quand on parle du loup…

— C'est l'heure de sa tétée. Tu me permets de l'allaiter ici ?

— Quelle question !

Pendant qu'elle donnait le sein à Noah qui tétait goulûment, Emily regardait Mark qui scrutait son fils avec attention.

C'était incroyable comme son visage avait la capacité de changer d'expression. Le masque dur qu'il affichait quand il parlait affaires était tombé pour laisser place à un sourire attendri.

— Ce n'était pas ta priorité, reprit Emily, mais tu as quand même pris le temps de téléphoner à Brett.

— Je pense, oui.

— … pour lui dire que les nouveaux aménagements que tu prévoyais t'obligeraient à des dépenses supplémentaires et que tu envisageais d'en défalquer le montant de l'indemnité contractuelle à verser au domaine. Tu aurais évoqué la somme de 150 000 dollars.

— Tu es bien informée. Ton avocat fait bien son boulot.

— Pourquoi ne m'en as-tu pas parlé ?

— Je ne voulais pas te perturber avec des détails. Je me répète : ta priorité du moment, c'est Noah, me semble-t-il.

— Premièrement, *monsieur* Callaghan, ce n'est pas à toi de déterminer mes priorités, et deuxièmement, le montant que tu envisages de défalquer, 150 000 dollars, est tout sauf un détail.

Mark se recula dans son fauteuil comme pour donner un plus large appui à son dos et soupira.

— En finirons-nous un jour avec cette histoire, bon sang ! Oui, pour moi, *mademoiselle* Atkinson, cette route à travers le Sandlake Meadows est un détail. N'oublie pas que c'est une ville entière que je construis. Alors, qu'est-ce qu'elle représente, cette route ?

— Je te suis parfaitement. Donc, si elle est un détail, le coût supplémentaire que représentent les nouveaux aménagements que tu as prévus pour qu'elle soit invisible en est également un.

Mark soupira à nouveau, agacé.

— Tu n'as aucune notion de la façon dont marchent mes affaires.

— Tes affaires m'importent peu. Je n'ai aucunement l'intention de me laisser faire.

Les traits de Mark s'étaient crispés. Il avait remis son masque d'homme d'affaires sans scrupules.

— Puisque tu n'as pas fait appel du jugement de Lamberton, c'est sa décision qui s'applique. Je suis en droit non seulement de commencer les travaux sans avoir ton aval mais de les exécuter tels que je les avais prévus dans la première mouture. C'est-à-dire sans les aménagements pour la rendre invisible.

— Mon *pauvre* Mark, ton cynisme me fait peur. Et honte, surtout. C'est comme si moi, pour te faire plier, je voulais t'empêcher de voir Noah, une fois que nous nous serons séparés. Car il n'est pas question pour moi de partager la vie d'un individu tel que toi !

— Laissons Noah en dehors de ça. Il ne doit en aucun cas interférer dans notre affaire.

Celui-ci choisit ce moment précis pour hurler.

— Vois, dit Emily. Ma colère est telle que je l'ai transmise à Noah. Tu peux être fier !

— Donne-le-moi.

Emily regarda Mark.

— Pourquoi ?

— Donne-le-moi.

Il avait répété sa demande avec un tel calme et une telle assurance qu'elle en fut impressionnée.

Quelles étaient ses intentions ?

Mark prit Noah comme s'il était en sucre et le tourna vers lui.

— Ah, mon petit bonhomme, avec des parents comme tu as, te voilà mal parti dans l'existence ! Mais ne t'inquiète pas. Tout finira par s'arranger parce que maman et papa s'aiment très fort !

Il avait dit cela d'une telle façon qu'Emily eut peine à retenir un sourire.

— Deux forts caractères ensemble, poursuivait Mark, quand ils se heurtent, ça fait des étincelles, forcément. Mais, à la fin, le feu qu'elles permettent d'allumer est encore plus puissant. Crois-moi.

Prenant Noah dans le creux de ses bras, il se mit à le bercer. Celui-ci arrêta instantanément de pleurer.

Mark se tourna vers Emily.

— Il faut absolument que nous fassions la paix. Tu es la première et la seule femme à qui j'ai dit « je t'aime ». Et je sais que toi aussi, tu m'aimes.

— Je veux bien te croire mais, dans ce cas, prouve ton amour autrement que par des paroles.

— Je ne confonds pas amour et argent.

— Mark, ce n'est pas moi qui suis à l'initiative de ton projet. Je n'ai absolument rien demandé. Tout ce que je voulais, c'était garder le domaine intact.

Plus elle parlait, plus elle s'échauffait. Elle poursuivit :

— Tu as réussi à me convaincre qu'il était possible d'aménager une route quasi invisible, soit, mais il est hors de question que je mette une croix sur le dédommagement prévu au départ ! Tiens tes engagements.

Elle s'arrêta net. La force avec laquelle elle avait prononcé sa diatribe la surprenait elle-même.

Mark aussi était surpris. Il regardait Emily comme s'il la découvrait. Elle ne lâchait rien. Quelle énergie, mais quelle énergie !

Il se dit qu'il aimerait bien l'avoir dans son équipe. Rien ni personne ne l'intimidait.

Pendant ce temps, Noah s'était rendormi. Un sourire béat éclairait son visage.

— Je ne sais toujours pas si nous nous entendrons sur la durée mais, visiblement, Noah te reconnaît bien comme père, c'est au moins ça.

— C'est un Callaghan. Il a mes yeux et ma bouche, tu ne trouves pas ?

— C'est moi qui te l'ai dit en premier. Revenons au sujet de notre discussion. Que comptes-tu faire pour le dédommagement ?

Mark soupira.

— Je ne sais pas. Je vais réfléchir et en discuter avec mes financeurs. Je ne suis pas le seul décisionnaire.

— C'est la première fois que tu évoques devant moi le fait de n'être pas le seul à décider. C'est une nouvelle tactique ?

— Cesse de me prendre pour un manipulateur, s'il te plaît. Ce projet me donne bien des soucis. Il y a beaucoup d'argent en jeu. Beaucoup d'investisseurs sont impliqués. Je dois leur rendre des comptes.

— Tu ne peux donc pas me donner de réponse aujourd'hui ?

— Tu as bien compris.

— Quand, alors ?

— Je ne sais pas. Le plus tôt possible, c'est tout ce que je peux te dire.

Après avoir fait le tour des bureaux pour présenter Noah aux cadres et aux employés de Mark, Emily avait repris la direction du manoir.

Debout, face à la baie vitrée qui dominait le port de San Francisco, Mark regardait les bateaux se croiser dans la baie, perdu dans ses pensées.

Au moment même où il avait cru en finir avec toutes les difficultés qui se dressaient sur son chemin, voilà qu'Emily s'opposait une nouvelle fois à lui.

Elle était coriace.

Elle ne lâchait rien. C'était une battante. Sous des aspects ô combien différents, ils étaient de la même espèce. Des compétiteurs, qu'aucune difficulté n'effrayait, qu'aucun obstacle n'arrêtait.

Elle avait donc très mal pris la décision d'amputer l'indemnité de 150 000 dollars qui lui était promise. C'était logique.

Il était pris entre le marteau et l'enclume.

Car cette volte-face sur le contrat n'était pas de son fait. Elle émanait du pool d'investisseurs qui s'inquiétait du dépassement inévitable des budgets.

Que devait-il faire ?

S'il disait à Emily que la proposition était à prendre ou à laisser, il la fâcherait définitivement. Et pour très longtemps.

S'il s'opposait frontalement au pool des investisseurs, ceux-ci risquaient de très mal le prendre et de remettre en cause le projet dans son ensemble.

Alors ?

Il se trouvait à la croisée des chemins.

Lorsqu'il s'était lancé dans la vie active, il s'était promis de ne laisser personne guider ses choix. Jamais. Quel qu'en soit le prix.

Or ce prix, dans cette affaire, était ridicule. Qu'étaient-ce 150 000 dollars pour lui et sa société ?

Une paille.

D'autant que, sur l'autre plateau de la balance, son amour pour Emily et maintenant pour Noah valait incommensurablement plus.

La vie était un combat qui interdisait les tergiversations. Aller de l'avant, prendre des risques lui avaient toujours réussi.

Il se battrait.

Il se battrait pour faire valoir les droits d'Emily. Tout sauf la léser.

Et il gagnerait.

# Épilogue

La fête avait commencé très tôt pour éviter le pic de chaleur de l'après-midi.

Malgré l'heure matinale, plusieurs centaines de personnes attendaient avec impatience le début du match de polo.

Grâce à ses relations, Mark s'était attaché le concours des équipes de San Diego et de Bakersfield qui avaient envoyé leurs meilleurs cavaliers.

Emily accueillait les invités devant l'entrée principale de la tribune VIP. Elle était habillée d'un blazer bleu marine qu'elle portait au-dessus d'une robe blanche. Cette version revisitée du costume féminin mettait en valeur ses longues jambes. Son corsage, légèrement échancré, dévoilait la naissance de sa poitrine sans ostentation.

« Tu es terriblement sexy, lui avait fait remarquer Mark la veille au soir quand il avait assisté à ses essayages dans leur chambre. »

Forte de son approbation, elle rayonnait. Elle avait conscience que la journée qui commençait serait à classer parmi les plus belles de sa vie.

Elle avait confié Noah à Kate, la fille de June, devenue leur baby-sitter attitrée. Toujours souriante, dynamique, pleine d'initiatives, la jeune femme était une crème. Elle ne quittait jamais Noah des yeux et il valait mieux, tant le petit garçon était turbulent et casse-cou. Il avait à peine quinze mois et pourtant, il courait à une vitesse phénoménale. Il avait fallu poser des barrières en haut de l'escalier pour l'empêcher de le dévaler la tête la première.

Emily espérait que Kate réussirait à lui faire faire un somme avant le grand repas prévu dans la grange, sinon il risquait de se montrer infernal.

Elle vit avancer vers elle d'une démarche un peu chancelante Aaron Mc Gregor, le vieil ami de son père. Elle savait qu'il appartenait au pool d'investisseurs partie prenante du projet de Mark.

— Aaron, comme je suis contente que vous ayez pu venir. Mark m'a dit que vous aviez de petits soucis de santé.

— C'est vrai, je ne suis plus tout jeune, mes rhumatismes me font souffrir, surtout en ce moment malgré la chaleur. Mais je tenais absolument à venir. Pour voir le magnifique hippodrome que vous êtes en train de construire mais aussi et surtout, pour vous.

— Toujours aussi charmeur, Aaron ! Nous vous avons réservé une place d'honneur dans la tribune. Une hôtesse va vous conduire.

— C'est trop gentil à vous, Emily. Avant d'y aller, laissez-moi vous dire que je suis très heureux de voir le domaine de Sandlake Meadows évoluer aussi bien. Votre père était un excellent éleveur de pur-sang mais il manquait d'initiatives, pas comme vous.

— Ne pas manquer d'initiatives, c'est effectivement la caractéristique de Mlle Atkinson, s'exclama Mark en train d'escalader les marches à grandes enjambées.

— Mark ! Vous écoutez aux portes maintenant ? Savez-vous que vous avez une femme extraordinaire ?

— Aaron, intervint Emily, Mark et moi ne sommes pas mariés.

— Non, mais nous y pensons, répliqua Mark.

— Pour quelqu'un de la vieille école comme moi, ce serait mieux effectivement de respecter les conventions, sourit le vieil homme.

Une hôtesse tout de rose vêtue à laquelle Emily avait adressé un signe discret venait de s'approcher.

— Mademoiselle va vous conduire jusqu'à votre siège Aaron. Bon match !

Mark attendit que Mc Gregor s'éloigne pour se rapprocher d'Emily.

— Tout se passe comme tu l'entends ?

— Oui, tout le monde a l'air content. C'est une belle journée.

— Après le match, je t'emmène. Je t'ai réservé une petite surprise.

— Agréable, j'espère ?

— Avec moi, les surprises le sont toujours, tu le sais bien.

— Hum, hum… ça dépend des jours.

— Je te laisse, j'ai des coups de fil à passer. À tout à l'heure.

Une dizaine de minutes plus tard, le match commençait. Montés par des cavaliers en tenue de gala, les chevaux portaient des jambières à la couleur de leur équipe : vert olive pour San Diego et bleu outremer pour Bakersfield.

Emily reconnut plusieurs chevaux qui venaient de l'élevage du domaine. Originaire d'Argentine, leur race était issue d'un mélange de pur-sang et de chevaux de travail.

Le spectacle que beaucoup dans la tribune découvraient pour la première fois était époustouflant. Chevaux et cavaliers faisaient preuve d'une mobilité et d'une adresse incroyables.

Pour l'heure, une seule tribune avait été construite. Emily avait décidé d'être prudente en matière d'investissements et d'emprunts. Le domaine n'avait pas la surface financière de Callaghan Real Estate.

Captivée par le spectacle, Emily sursauta quand elle sentit la main de Mark presser la sienne.

— Tu es déjà revenu ?

— Viens, comme promis, on va faire un tour.

Collectionneur invétéré de voitures, Mark s'était offert

trois mois plus tôt en guise de 4x4 une Mercedes Classe G. À son bord, Emily avait l'impression d'être aussi protégée que le président des États-Unis dans sa voiture blindée.

Elle avait été livrée avec un siège bébé à l'intérieur, ce qui avait permis à Noah, dixit son père, de s'initier très tôt aux plaisirs de la conduite sportive.

Malgré sa ceinture de sécurité, Emily devait s'accrocher fermement à la poignée intérieure pour rester solidaire de son siège.

— Mais ! Tu m'emmènes dans la partie du terrain où tu m'as interdit d'aller ! s'exclama la jeune femme.

— Tu as tout compris.

Après une dizaine de minutes sur un chemin sinueux qui traversait la prairie, ils dépassèrent un bosquet d'arbres au bout duquel un portail métallique barrait la voie.

Mark sauta de sa Mercedes pour l'ouvrir et redémarra. Il engagea alors son 4x4 sur un large chemin, dépassant plusieurs bulldozers à l'arrêt. C'était dimanche, aucun ouvrier ne travaillait.

Après environ trois cents mètres, le chemin s'élargit et ils débouchèrent dans une vaste clairière dans laquelle des dizaines de camions étaient garés les uns à côté des autres.

— Tu vois, quand je viens sur le chantier, je travaille ici, dit Mark en désignant l'une des baraques de chantier.

— On se croirait sur un camp militaire !

— Ah ah, presque. Construire une route qui plaise à Mlle Atkinson demande de l'organisation…

— Mlle Atkinson, comme tu dis, n'a jamais été demandeuse d'une route à cet endroit, glissa-t-elle d'un ton taquin.

Mark se tourna vers Emily :

— Nos discussions commencent à faire vieux couple, tu sais.

— Notre rencontre au palais du gouverneur remonte à près de deux ans. C'est normal !

Ils rirent tous les deux de bon cœur.

Arrêtant sa Mercedes, Mark plongea la main dans sa poche et en sortit un foulard noir.

— Maintenant la surprise. Je vais te bander les yeux.

— Me bander les yeux ? Tiens donc ! Pas pour un jeu coquin, j'espère.

— Tu vois le mal partout. Quoique, l'idée est intéressante… Rassure-toi, c'est pour la bonne cause.

Emily laissa Mark lui nouer le foulard sur les yeux, curieuse de connaître la surprise qu'il lui réservait.

— À partir de maintenant, dis-moi ce que tu ressens, lui chuchota Mark à l'oreille.

Il redémarra la voiture qui fila à travers la clairière.

— Que puis-je te dire ? La voiture fait du bruit, j'entends quand même des chants d'oiseaux, le chemin est toujours aussi caillouteux…

— Attends, ça va changer.

Effectivement, Emily sentit que la voiture venait de s'engager sur une surface plane.

— Ah, j'ai l'impression que la voiture avance comme si nous étions sur un aéroglisseur.

— Il y a un peu de cela, c'est vrai.

— Mais que se passe-t-il ? On dirait qu'il y a beaucoup moins de lumière.

— Ton bandeau n'est pas tout à fait opaque. Tu as raison. Encore un peu de patience et je t'enlève ton bandeau.

Mark fit rouler la voiture encore une centaine de mètres puis la stoppa.

Il se pencha vers Emily et dénoua le bandeau qui lui enserrait la tête.

— Voilà, tu peux regarder.

Emily écarquilla les yeux.

Devant elle, un ruban asphalté filait tout droit vers l'horizon. L'extraordinaire n'était pas cette route en elle-même mais la voûte arborée qui la couvrait, formant un tunnel vert.

— Comment as-tu fait ? s'exclama Emily. On se croirait dans une cathédrale !

— C'était un peu l'idée. Voilà comment on rend une route invisible. Avec des charmes pour former une charmille. Même du ciel, elle est indiscernable.

Il laissa passer un temps puis reprit :

— Elle coupe le domaine, c'est vrai, mais j'ai prévu plusieurs ponts, également arborés et fleuris, qui passeront au-dessus. Humains et animaux circuleront comme avant.

— Vous êtes vraiment trop fort, monsieur Callaghan ! s'exclama-t-elle, admirative.

— Seriez-vous en train de succomber à mon charme, mademoiselle Atkinson ?

— Hum… peut-être. Je me demande simplement si vous embrassez bien.

— Je vais vous faire une démonstration.

Plantée au milieu de la route, la voiture resta longtemps stationnée, tandis que ses occupants laissaient libre cours à leur passion.

Retrouvez prochainement,
dans votre collection

# AZUR

**Le bébé de l'émir, de Lynne Graham - N°4466**
Comment Tatiana en est-elle arrivée là ? Parce que sa cousine a fui ses noces arrangées avec le prince Saif Basara, voilà qu'elle la remplace devant l'autel, au côté de ce parfait inconnu ! Pire encore, alors qu'elle voudrait haïr son nouvel époux, qui a accepté cette substitution sans s'émouvoir, Tatiana est irrésistiblement attirée par Saif. Et c'est à l'occasion de leur lune de miel royale que leurs destins se trouvent liés à jamais, de la plus tendre façon qui soit…

**Liaison avec un Grec, d'Annie West - N°4467**
Passer un mois sur le yacht luxueux de Strato Doukas, le sulfureux milliardaire grec ? Un mois de plaisir sans engagement… Pour Cora l'offre est aussi scandaleuse que tentante. Alors qu'elle sait devoir garder ses distances avec l'homme d'affaires dont la réputation de play-boy n'est plus à faire, elle éprouve pour lui un désir irrésistible et y cède avec délice. Mais à jouer avec le feu il arrive qu'on se brûle. Et bientôt Cora comprend qu'elle a commis deux erreurs fatales en tombant enceinte et amoureuse de son amant…

**Le fils de Nikos Manolas, de Michelle Smart - N°4468**
Marisa est sous le choc. Face à elle se dresse Nikos Manolas, son fiancé qu'elle croyait mort. Et dire que pendant dix-huit mois elle l'a pleuré jour et nuit sans jamais réussir à faire son deuil. Elle a porté son enfant, lui a donné naissance en se jurant de l'aimer pour deux ! Or, pendant tout ce temps, Nikos était vivant ? Un flot d'émotions la submerge : le doute, le soulagement, puis la fureur à l'idée qu'il ait pu l'abandonner… Pourquoi Nikos l'a-t-il trahie de la sorte ? Et pourquoi, après avoir simulé sa propre mort, est-il de retour ?

**Ce jeu irrésistible, de Jadesola James - N°4469**
Résolue à trouver des mécènes pour sa fondation destinée aux jeunes défavorisés, Kitty n'hésite pas à s'incruster dans le très chic gala de l'année, celui qui rassemble le gratin new-yorkais. Hélas, alors qu'elle voudrait passer pour une femme d'affaires accomplie, voilà qu'elle est reconnue par Laurence Stone, un homme qui lui rappelle sa jeunesse tourmentée et ce passé qu'elle a fui avec tant d'empressement. Plus incroyable encore : loin de la chasser de la soirée, celui-ci lui propose de se mêler aux riches convives… en tant que sa prétendue fiancée !

**L'épouse oubliée d'un Sicilien, de Caitlin Crews - N°4470**

Ténébreux et menaçant. Voilà à quoi ressemble Cenzo Falcone, l'homme que Josselyn a accepté d'épouser à la demande de son père. Alors qu'elle espère voir leur union de convenance évoluer avec le temps, elle est saisie d'effroi en découvrant la vérité sur son nouvel époux. Cenzo, qu'elle a suivi dans son château sicilien, n'a qu'un seul but : se venger de la famille de Josselyn à travers elle. Mais, lorsque Cenzo perd la mémoire à la suite d'une chute vertigineuse, Josselyn se retrouve face à un homme bien plus séduisant – et qu'elle pourrait aimer…

**Le secret de Provence, de Rebecca Winters - N°4471**

Avant de pouvoir adopter son neveu, Nathalie entreprend de retrouver le père du bébé. Et c'est en Provence que sa quête la mène bientôt. Ravie d'avoir déniché un travail saisonnier sur le vignoble de Fontesquieu, elle profite de ce joyau de la Côte d'Azur, où se dessinent collines verdoyantes et vignes surplombant le bleu de la Méditerranée. Dans ce cadre enchanteur, elle succombe bientôt au charme de Dominique, le maître des lieux et son nouveau patron. Une attirance à laquelle elle tente pourtant de résister, car Dominique pourrait bien être l'homme qu'elle recherche…

**Mariage avec un patron, de Maya Blake - N°4472**

Avocat spécialisé dans le divorce, Christos Drakakis ne croit pas en l'amour. Il est plutôt du genre à multiplier les conquêtes sans se soucier du lendemain. Cependant, pour hériter de l'île privée de sa famille, il n'hésite pas à demander à Alexis, sa parfaite assistante, de l'épouser ! Mais, quand arrivés en Grèce tous deux doivent jouer la comédie du mariage devant un public avide de romantisme, les voilà bientôt pris au jeu du désir et des sentiments…

**La capitaine captive, de Marcella Bell - N°4473**

SÉRIE : *GARDE ROYALE* - 2/3

Capitaine de la garde royale de Cyrano, Helene d'Tierrza n'a peur de rien ni de personne. Pourtant, le jour où elle est enlevée par Drake Andros, « Le Loup des mers », elle est saisie d'effroi. Non pas qu'elle craigne d'être la captive de cet homme redoutable mais plutôt de succomber au désir qu'il éveille aussitôt en elle ! Alors qu'elle tente de recouvrer son sang-froid, Drake lui révèle qu'elle sera l'objet de sa vengeance : si Helene veut recouvrer sa liberté et racheter les torts que sa famille a causés à celle de Drake, elle devra l'épouser et lui donner un héritier !

**Une irrésistible assistante,**
**de Cathy Williams - N°4474**

SÉRIE : *LE MYSTÈRE DES STOWE* - 3/3

Devenir la maîtresse de son patron ne figurait pas sur la *to-do list* d'Ellie ! Hélas, alors qu'elle a toujours été une assistante efficace et discrète, elle a perdu l'esprit durant ce voyage d'affaires à la Barbade, en compagnie de James Stowe, l'homme qu'elle aime en secret… Mais le pire reste à venir : alors qu'elle voudrait pouvoir oublier cette liaison éphémère, leur histoire est révélée au grand jour, les projetant tous deux dans un retentissant scandale…

**Deux héritiers pour un cheikh,**
**de Clare Connelly - N°4475**

Pour accéder au trône, le cheikh Khalil doit se marier avant son trentième anniversaire. Rien qui l'empêche de succomber d'abord au désir que lui inspire la belle India, rencontrée lors d'une soirée. Seulement, lorsque sa maîtresse d'une nuit lui révèle peu après qu'elle attend des jumeaux de lui, Khalil est forcé de revoir ses plans. En homme d'honneur et pour préserver sa couronne et ses héritiers, il demande à India de l'épouser…

**L'étreinte interdite, d'Anne Mather - N°4476**

La comédie qu'est devenue sa vie doit prendre fin, Grace le comprend le soir où elle fait la connaissance de Jack Connolly. Car, face au séduisant milliardaire, prétendre être en couple avec Sean Nesbitt, un homme odieux qu'elle déteste, se révèle être un véritable supplice. Or Grace n'a pas le choix : un seul faux pas de sa part et la fortune de sa famille, que Sean a sournoisement accaparée, risque de disparaître à jamais. Alors, quand Jack lui demande de l'accompagner visiter un cottage qu'il envisage d'acheter, Grace hésite. Elle devrait refuser, elle le sait. Mais elle lit dans le regard de Jack la promesse d'un plaisir qu'elle n'a encore jamais connu, et l'attrait de l'interdit lui semble tout à coup absolument irrésistible…

# PASSIONS

## Rêve. Trahison. Tentation.

Un homme et une femme.
Deux héros que tout oppose.
Ils n'ont rien en commun…
Ils ne croient plus en l'amour…
Ils sont amants… Ils sont rivaux…
Ils n'étaient pas censés s'aimer.
Et pourtant…
Ils vont renouer avec la passion.

**6 livres à découvrir tous les mois.**

DIVERTIR • INSPIRER • ÉMOUVOIR

HARLEQUI
www.harlequin

# RESTEZ CONNECTÉ AVEC HARLEQUIN

## Harlequin vous offre un large choix de littérature sentimentale !

Sélectionnez votre style parmi toutes les idées de lecture proposées !

### www.harlequin.fr

- **Découvrez** toutes nos actualités, exclusivités, promotions, parutions à venir...
- **Partagez** vos avis sur vos dernières lectures...
- **Lisez** gratuitement en ligne
- **Retrouvez** vos abonnements, vos romans dédicacés, vos livres et vos ebooks en précommande...

### L'application Harlequin

- Des **ebooks gratuits** inclus dans l'application
- **50 nouveautés tous les mois** et + de 7 000 ebooks en téléchargement
- Des **petits prix** toute l'année
- Une **facilité de lecture** en un clic hors connexion
- Et plein d'autres avantages...

**Téléchargez notre application gratuitement**

Télécharger dans l'App Store

DISPONIBLE SUR Google Play

SUIVEZ-NOUS !

facebook.com/HarlequinFrance
twitter.com/harlequinfrance

## VOTRE COLLECTION PRÉFÉRÉE DIRECTEMENT CHEZ VOUS

Vous souhaitez découvrir nos collections ? Une fois votre colis de bienvenue reçu, si vous souhaitez continuer à recevoir nos livres, cela se fera automatiquement. Vous n'avez aucune obligation d'achat et cette offre est sans engagement de durée !

Dans votre 1er colis, 2 livres au prix d'un + 1 cadeau

**☛ COCHEZ la collection choisie et renvoyez cette page au**
**Service Lectrices Harlequin – CS 20008 – 59718 Lille Cedex 9 – France**

| Collections | Prix 1er colis | Réf. | Prix abonnement (frais de port compris) |
|---|---|---|---|
| ❑ **AZUR** | 4,50€ | AZ1406 | 6 livres par mois 30,59€ |
| ❑ **BLANCHE** | 7,30€ | BL1603 | 3 livres par mois 24,85€ |
| ❑ **HISTORIQUES** | 7,20€ | LH1202 | 2 livres par mois 17,29€ |
| ❑ **PASSIONS** | 7,70€ | PS0903 | 3 livres par mois 26,49€ |
| ❑ **BLACK ROSE** | 7,70€ | BR0013 | 3 livres par mois 26,79€ |
| ❑ **HARMONY*** | 5,99€ | HA0513 | 3 livres par mois 20,76€ |
| ❑ **NORA ROBERTS*** | 8,90€ | NR2403 | 3 livres tous les 2 mois, prix variable** |
| ❑ **SAGAS*** | 7,99€ | SA2303 | 3 livres tous les 2 mois 29,46€ |
| ❑ **VICTORIA** | 7,90€ | VI2113 | 3 livres tous les 2 mois 26,79€ |
| ❑ **GENTLEMEN*** | 7,50€ | GT2022 | 2 livres tous les 2 mois 17,95€ |
| ❑ **ALIÉNOR** | 7,70€ | AL2132 | 2 livres tous les 2 mois 17,75€ |
| ❑ **HORS-SÉRIE*** | 7,70€ | HS2812 | 2 livres tous les 2 mois 18,45€ |

*livres réédités / **entre 28,79€ et 31,39€ suivant le prix des livres

**F22PDFM**

N° d'abonnée Harlequin (si vous en avez un) ____________

Mme ❑ Mlle ❑ Nom : ____________

Prénom : ____________ Adresse : ____________

____________

Code Postal : ______ Ville : ____________

Pays : ____________ Tél. : ____________

E-mail : ____________

Date de naissance : ____________

**Date limite : 31 décembre 2022.** Vous recevrez votre colis environ 20 jours après réception de ce bon. Offre soumise à acceptation et réservée aux personnes majeures, résidant en France métropolitaine, dans la limite des stocks disponibles. Prix susceptibles de modification en cours d'année. Vous pouvez demander à accéder à vos données personnelles, à les rectifier ou à les effacer. Il vous suffit de nous écrire en nous indiquant vos nom, prénom et adresse à : Service Lectrices Harlequin CS 20008 59718 LILLE Cedex 9. Service Lectrices disponible du lundi au vendredi de 9h à 17h : 01 45 82 47 47.

Harlequin® est une marque déposée du groupe HarperCollins France – 83/85, Bd Vincent Auriol – 75646 Paris cedex 13. SA au capital de 1 149 680€ – R.C. Paris. Siret 31867159100069/APE5811Z.